LA PROMESSE D'HADÈS

ELIZA RAINE

Pour tous ceux qui sont convaincus qu'ils
ont en eux une déesse de l'enfer...

UN

PERSÉPHONE

— Attends, attends... Tu veux vraiment me faire croire que tu as été kidnappée par Zeus et qu'il t'a emmenée dans l'Olympe ?

Mon frère me fixait de ses yeux noisette écarquillés alors que je faisais frénétiquement les cent pas dans ma petite chambre.

— Mais c'est vrai ! m'exclamai-je. J'y ai passé des semaines entières !

— Persy, je t'ai parlé au téléphone hier..., soupira-t-il en passant une main dans ses cheveux clairs, regardant ma chambre en secouant la tête d'un air désolé. Tu veux que j'appelle maman ? Ça va ?

Je m'arrêtai de faire les cent pas et le regardai avec une grimace. Bien sûr, j'aurais adoré voir ma mère et mon père, mais ils étaient à près d'un millier de kilomètres, dans leur camping-car, en train de visiter Atlanta. Si Sam les appelait en leur disant que je divaguais, ils utiliseraient probablement le peu d'argent qu'ils avaient pour rentrer à New York. Égoïstement, je n'attendais que cela, mais je n'avais pas le droit de gâcher leur voyage.

— Non, soupirai-je en m'asseyant. Ce n'est pas la peine...

— Bon, reprit-il d'une voix douce. Raconte-moi encore ce qui s'est passé. D'abord, pourquoi est-ce que tu portes cette tenue et pourquoi tes cheveux sont-ils blancs ?

Avant d'appeler mon frère, j'avais beaucoup pleuré. Si j'avais une question ou un doute sur la force de mes sentiments pour Hadès, le choc de son départ les avait complètement dissipés. J'avais l'impression qu'il me manquait une partie de moi-même : respirer, penser, marcher – *tout* me semblait terriblement difficile sans lui. Or, le sentiment d'injustice qui m'accabla en me retrouvant dans ma chambre ne faisait qu'accentuer le vide que je ressentais à l'intérieur de moi.

Jamais je ne m'étais sentie à ce point trahie et rejetée. Je n'avais pas pu le laisser comme ça. Je n'avais pas pu m'évader, sachant que je ne le reverrais plus jamais. Je ne pouvais pas en avoir été capable – ni physiquement, ni intellectuellement. J'en étais certaine !

Ce dont je me souvenais ne faisait aucun sens. Pas plus tard que la veille, je lui avais dit que je ne savais même pas si je voulais être avec lui. Mais au moment où il prit la décision pour moi – je l'entendais encore me dire « *tu ne pourrais pas briller dans l'obscurité* » – je ressentis un déchirement atroce ; une douleur féroce, comme si sa tristesse, sa passion, et son amour m'avaient transpercé le cœur et me brûlaient tout entière lorsqu'il avait pris sa forme humaine juste le temps de me ramener chez moi, avant de disparaître pour de bon.

Ma peine avait été si insoutenable que je crus que jamais je n'y survivrais. Jusqu'à ce que la colère prenne le dessus, mes larmes de tristesse se transformant en larmes de fureur. Alors, sans même réaliser ce que j'étais en train de faire, j'avais tout jeté par terre dans ma chambre : vêtements, coussins, livres... Lorsque je fus à peu près calmée, je remarquai mon sac à main sur le lit, à côté de mon blouson en cuir. Je sautai alors sur mon téléphone, le branchai pour le recharger, et appelai Sam.

Lorsqu'il arriva chez moi – en un temps record – je me jetai à son cou et sanglotai à nouveau, tandis qu'il me regardait avec une inquiétude évidente. C'était des larmes de tristesse, mais aussi de joie : j'avais eu tellement peur de ne jamais revoir mon frère...

Enfin, lorsque je cessai de pleurer, j'essayai de lui raconter tout ce qui s'était passé. Mais mon récit ne semblait pas très crédible, à en croire son air dubitatif.

— Sam, tentai-je de lui expliquer. Je ne viens pas de ce monde. Je viens d'un endroit appelé « Olympe » – un monde gouverné par les dieux grecs. J'étais la femme d'Hadès avant, mais j'ai fait quelque chose d'horrible et ils m'ont envoyée sur Terre, en tant qu'humaine, en m'ôtant tous mes souvenirs en tant que déesse.

Sam me regardait fixement, l'air de plus en plus estomaqué. Dépitée, je pris une profonde inspiration. Dans un sens, je le comprenais... : comment croire l'incroyable ? Pourtant, je n'avais pas pu tout inventer. Je n'avais pas inventé les yeux argentés d'Hadès qui hantaient mon esprit. C'était impossible !

— Et donc, Zeus t'a kidnappée ? reprit mon frère comme s'il s'adressait à une malade mentale.

— Oui ! Hadès lui a désobéi publiquement et a créé un nouveau royaume dans l'Olympe. Alors pour le punir, Zeus a voulu l'obliger à se marier – ce qu'il refusait catégoriquement depuis mon départ. Des épreuves ont donc été organisées pour désigner celle qui aurait le droit de devenir sa femme, et Zeus est venu me chercher à New York pour me forcer à concourir.

De toute évidence, Sam se faisait de plus en plus de souci pour moi.

— Tu étais en compétition pour épouser Hadès ? Le diable ?

— Exactement ! D'ailleurs, si je porte cette robe déchirée et brûlée, c'est parce que la dernière épreuve à laquelle j'ai participé a mal tourné. J'ai fini dans le Tartare.

— Nous devons aller aux urgences, dit Sam d'un air résolu en s'approchant de moi. Tu as dû faire un AVC ou quelque chose comme ça, tenta-t-il de me convaincre, la voix tendue.

— Parce que tu crois que c'est à cause d'un AVC que j'ai les cheveux blancs et que je porte une robe de déguisement ? m'exclamai-je en agitant ma jupe déchirée. Je vais très bien, Sam ! Et tout ce que je te dis est vrai !

— Mais, Persy, ce n'est pas possible... C'est tout simplement *impossible* !

— C'est ce que je pensais au début, mais c'est pourtant bien réel ! J'avais des pouvoirs, Sam !

— Des pouvoirs ?

— Oui ! Je pouvais faire pousser les plantes. Et j'avais aussi des vignes qui sortaient de mes paumes !

— Genre Spiderman ? ricana-t-il. Persy, on doit aller aux urgences. Maintenant !

— Non ! tranchai-je.

— Alors, qu'est-ce que tu veux que je fasse ? me demanda-t-il d'un air désespéré.

— Je dois y retourner, murmurai-je.

Sam ferma les yeux, visiblement déconcerté.

— Retourner où ? soupira-t-il en rouvrant les yeux. À l'endroit où tu as concouru pour épouser le diable ?

J'acquiesçai d'un signe de tête.

— Tu veux y retourner ?

— Oui, affirmai-je.

Aussitôt, une vague de soulagement s'empara de moi. *Oui,* je voulais y retourner ! Je voulais retrouver Hadès. Je voulais être là où il était. J'en étais maintenant certaine !

Mais, très vite, le soulagement laissa place à l'effroi, tandis que je réalisai que j'étais bloquée à New York et que je n'avais aucun moyen de retourner vers Hadès.

— Je dois appeler maman, Persy. Tu ne vas pas bien..., insista Sam en me rejoignant sur le lit et en passant son bras autour de moi.

Sans prêter attention à son inquiétude, je levai les mains et fixai mes paumes, me concentrant autant que je le pouvais pour essayer de ressentir mes pouvoirs.

Mais rien ne se passa.

— Sam, je ne me suis jamais sentie à ma place. Maintenant je sais pourquoi, murmurai-je.

— Peut-être que tu as inventé toute cette histoire avec le diable pour te sentir plus forte ? suggéra-t-il doucement. Tu as subi beaucoup de pression, ces derniers temps, avec tes cours de botanique, et...

Il s'interrompit, et me regarda en fronçant les sourcils.

— Est-ce qu'il s'est passé quelque chose ? Quelqu'un t'a fait du mal ?

— Non ! Je te promets : personne ne m'a fait de mal, le rassurai-je.

Immédiatement, il se détendit.

— Mais Sam, je *suis* plus forte. J'étais une de déesse, putain ! Tout ce temps, j'étais une déesse et je ne le savais pas !

Un sentiment étrange me gagna, un mélange de rage et de douleur. Je haletai en réalisant que cela ne venait pas de moi. *C'était Hadès.* Je ressentais sa présence enfumée à l'intérieur de moi – c'était exactement la même sensation que j'avais eue juste avant qu'il ne parte. La seule différence était que je n'étais plus triste : j'avais peur, j'étais en colère. C'était plus fort que moi.

Hadès était brisé. C'était cela que je ressentais.

— Le lien..., murmurai-je en frissonnant.

Je levais les yeux vers Sam, paniquée.

— Je dois l'aider ! Il a commis une erreur en me faisant revenir ici. Je dois l'aider !

— Aider *qui* ?

— Hadès ! Il a des ennuis !

— Persy... Je suis persuadé que le dieu des morts s'en sort très bien tout seul..., tenta de me rassurer Sam qui faisait de son mieux pour rester calme malgré l'inquiétude grandissante que je lisais dans son regard.

— Non, non ! Je dois retourner là-bas !

Je bondis sur mes pieds, des larmes brûlantes me piquant les yeux. La douleur et la rage que je ressentais s'intensifiaient, et j'avais envie d'hurler.

— Bon, ça suffit, je t'emmène voir quelqu'un ! décréta Sam en se levant à son tour et en me prenant par le poignet.

Il me traîna vers la porte, mais je résistai.

— Sam, je te jure que je ne suis pas malade ! plaidai-je, ma frustration et ma colère se mêlant à la fureur d'Hadès que je ressentais.

Sam se tourna vers moi avec un air adouci mais resserra sa prise autour de mon poignet.

— Je suis désolé, Persy, mais nous avons besoin d'aide.

Il me tira plus fort, me faisant trébucher, et m'obligeant à le suivre. Je savais qu'il ne me voulait aucun mal. Il pensait sincèrement m'aider et j'étais convaincue qu'il n'hésiterait pas à me porter si je continuais de résister. Il était beaucoup plus costaud que moi et je ne pouvais rien faire...

— Sam, arrête ! criai-je.

Mais je m'interrompis net lorsqu'une lumière blanche aveuglante emplit la pièce.

Sam me lâcha alors que nous mîmes tous deux nos mains devant nos yeux pour nous protéger.

S'il vous plaît, s'il vous plaît, faites que ce soit Hadès ! priai-je intérieurement.

Je clignai des yeux et poussai un cri de soulagement lorsque je reconnus la silhouette qui apparut devant nous.

— Hécate ! sanglotai-je en me jetant sur elle.

Ce n'était pas Hadès, mais elle pourrait certainement me conduire jusqu'à lui.

— Euh, je n'aime pas trop les câlins, me dit-elle en me tapotant maladroitement dans le dos alors que j'enroulais mes bras autour d'elle.

— P... P... Persy ? chuchota Sam derrière moi.

Je lâchai Hécate pour me tourner vers lui.

— Persy, tu peux m'expliquer ? C'est qui cette fille ultra-sexy qui vient d'apparaître de nulle part ?

Son visage était pâle, et ses yeux noisette immenses.

— « Ultra-sexy » ? répéta Hécate d'un air flatté. J'aime beaucoup ton frère ! Il peut venir avec nous, si tu veux ! lança-t-elle en faisant un clin d'œil à Sam.

— Je dois retourner auprès d'Hadès ! Quelque chose d'horrible est en train de se passer, l'implorai-je, ignorant mon frère et m'agrippant à ses épaules.

— Et pourquoi je suis ici, à ton avis ? soupira-t-elle. Je t'aime beaucoup, Persy, mais je n'aurais pas pris le risque de braver toutes les règles de l'Olympe si je n'avais pas une bonne raison de venir.

Son visage devint sérieux, une lumière bleue s'emparant de ses yeux.

— Il est complètement brisé, Persy. Je n'ai jamais vu une telle colère... Jusqu'à maintenant, nous avions réussi à le garder dans le monde souterrain, mais ça ne va pas durer. Il est trop fort. S'il sort ou que Zeus découvre qu'il a perdu le contrôle comme ça et qu'il met tout l'Olympe en danger...

Elle s'interrompit, mais je compris parfaitement ce qu'elle voulait dire et mon sang se glaça.

— Tu crois que Zeus le tuerait ?

— Ce serait sûrement pire que ça...

— Emmène-moi jusqu'à lui. Maintenant ! dis-je.

Aussitôt, je fus enveloppée d'une lumière blanche clignotante.

DEUX

PERSÉPHONE

Lorsque la lumière se dissipa et que je découvris où nous avions atterri, si ce n'était pas pour Hadès, j'aurais supplié Hécate de me ramener à New York.

Nous nous trouvions dans une caverne semblable à l'antre de l'Empusa, mais elle était beaucoup plus grande, les murs brillaient d'un rouge profond, et l'odeur pestilentielle était presque insoutenable.

Il y avait des corps partout. Peu d'entre eux étaient humains, mais tous semblaient avoir été déchiquetés par un animal. Luttant contre ma nausée, je parcourais des yeux ce décor macabre à la recherche d'Hadès. En vain – je ne vis que des cadavres.

— Merde, il est déjà parti, marmonna Hécate.

Puis j'entendis quelqu'un vomir derrière moi et me retournai. Je faillis m'évanouir en découvrant mon frère en train de cracher ses tripes.

— Sam ?

Je me tournai immédiatement vers Hécate.

— Mais pourquoi est-ce que tu l'as amené ici, putain ?!

— Je t'ai dit qu'il pouvait venir avec nous ! Maintenant,

tais-toi ! m'ordonna-t-elle, ses yeux devenant blancs et une lumière bleue crépitant autour d'elle. Merde, merde, merde ! Il est presque à la porte du Tartare, gémit-elle en nous prenant, Sam et moi, par la main, juste avant qu'une lumière blanche et clignotante nous enveloppe à nouveau.

Nous atterrîmes devant une rivière de feu terrifiante. Mais je n'y prêtai pas attention. Je ne vis que *lui*. Hadès.

Il était... *monstrueux !*

Il avait la taille d'un gratte-ciel et se dirigeait vers la porte de la grotte, nous tournant le dos. Son corps semblait gonflé par des muscles imposants, et quelque chose de noir bougeait sous sa peau, des nuages de fumée s'échappant de lui. Une lumière bleue émanait de son corps mais, cette fois, il n'était pas entouré d'une armée de morts-vivants. En revanche, il laissait sur son sillage un tapis de cadavres dont les corps étaient brisés et les visages tordus de terreur.

— Campé ! Je suis venu ! hurla-t-il.

J'entendis un bruit sourd derrière moi et, en me retournant, je découvris Sam qui venait de s'effondrer au sol.

— Hécate, sors-le d'ici ! C'est un humain, il va mourir !

En prononçant ces mots, je sentis mes vignes prendre vie dans mes paumes. Puis, sans un mot, Hécate s'age- nouilla pour attraper mon frère et ils disparurent.

— Tu es le prochain, Cronos ! rugit Hadès.

— Hadès ! criai-je, aussi fort que possible.

Mais il ne m'entendit pas et continuait de se diriger vers l'entrée de la grotte. Il n'était plus qu'à quelques mètres.

— Hadès ! hurlai-je.

Cette fois, je lançai mes vignes noires sur lui. Elles s'enroulèrent autour de ses énormes épaules juste au moment où il mit un pied dans le tartare. Aussitôt, je fus plongée dans l'obscurité la plus totale.

Tuer. Mourir. Peur. Brûler. Sang.

Les mots résonnaient dans ma tête et je tombai à genoux, n'arrivant presque plus à respirer. Je ne voyais absolument rien. Seules quelques étincelles me rappelaient encore à la vie, mais je devais les éteindre. Tout devait mourir. La peur gagnait toujours. La mort était plus forte que tout ; c'était une certitude.

— Perséphone ?

La voix était tendue, mais le son de sa voix glissant sur moi comme une caresse me ramena à la réalité.

— Perséphone, c'est vraiment toi ?

— Oui, murmurai-je.

Éblouie par la lumière, je ne pouvais pas le voir mais je savais que c'était lui. Hadès.

— Tu dois arrêter.

— Je ne peux pas. Je ne peux pas...

— S'il te plaît. Je le sens maintenant. Le lien. Pas toi ?

Des larmes chaudes coulaient sur mes joues alors que des vagues de haine et de violence coulaient en moi, comme un poison.

Tuer. Les tuer tous. Les déchirer. Ne rien laisser. Aucun d'eux ne mérite de vivre.

— Le monstre en moi est trop puissant. Il gagnera toujours.

Sa voix était redevenue dure et froide, et la lumière se dissipa d'un seul coup, me plongeant à nouveau dans l'obscurité.

— Non ! Tu peux le combattre. Tu n'es pas un monstre ! criai-je.

Mais ma résolution n'y pouvait rien. La fureur qu'il y avait en lui et que mes vignes me transmettaient était plus forte. Il était *pire* qu'un monstre. Il ne voulait pas seulement détruire : il voulait torturer. Ruiner. Casser. Brutaliser.

Je décidai de rompre le lien avec lui et retirai mes vignes. Je ne pouvais pas prendre son pouvoir – c'était trop brutal. Il m'avait dit qu'il était trop fort, que je ne pourrais jamais lui prendre son pouvoir. Je réalisai maintenant qu'il avait raison. Sa force était trop grande, inépuisable. Je pouvais essayer tant que je voulais, il y en aurait toujours plus que je pouvais contenir. J'avais l'impression qu'il me remplissait de sa colère et, seconde après seconde, je perdais un peu plus de moi-même. Pourquoi ? Pourquoi ne pouvais-je pas le libérer de sa fureur ? Pourquoi ne pouvais-je pas lui transmettre ma douceur alors que lui me transmettait sa haine ?

Les vignes d'or, pensai-je alors soudain. *Les vignes d'or font le contraire des noires.*

Je ne voyais plus rien, mais je me concentrai néanmoins pour que mes vignes noires se transforment en vignes d'or, m'accrochant désespérément à mon amour pour lui, à la force du lien qui nous unissait, à mon désir qu'il se sente heureux, apaisé, et aimé. Je repensai à tout ce qu'Hécate m'avait dit sur lui, à la manière dont il avait renoncé à ce qu'il était pour devenir ce que l'Olympe attendait qu'il soit à cause de son frère : un monstre terrifiant. Je m'imprégnai de la sensation de ses lèvres sur les miennes, de ses mains sur ma peau, de ses beaux yeux argentés et emplis d'émotion quand il me regardait. Il avait créé la vie. Il y avait en lui autant de lumière que de pénombre. Je pouvais – je devais – faire en sorte que cette partie de lui-même prenne le pas sur le reste.

Je me concentrai de toutes mes forces sur sa lumière,

priant pour qu'elle gagne le combat contre sa partie sombre.

— Perséphone...

J'ouvris les paupières et plissai les yeux, éblouie par la lumière. En découvrant Hadès, je pris une profonde inspiration et me sentis apaisée. Il était toujours immense, mais la lumière bleue autour de lui avait disparu, en même temps que tous les cadavres. Je ne voyais que la lumière de mes vignes dorées qui nous reliaient l'un à l'autre, comme des tatouages brillants s'enroulant autour de ses épaules et de sa poitrine, couvrant presque toute sa peau.

Ses yeux argentés, magnifiques, et hantés étaient rivés sur moi.

— Hadès, soufflai-je. Tu es de retour.

— Toi aussi, susurra-t-il en se mettant à genoux.

TROIS

HADÈS

Elle était de retour.

J'étais vaguement consciente de la présence d'Hécate, sa lumière clignotant près de nous. Mais je ne quittai pas des yeux Perséphone, lui tenant la main et admirant la beauté de ses yeux verts remplis de larmes.

Elle était de retour.

— Je suis désolé, lui dis-je alors qu'elle me poussait en arrière.

Je sentis mes jambes heurter quelque chose et tombais à genoux près d'elle. Les ténèbres envahissaient toujours mon esprit, mais ils diminuaient doucement. Le monstre m'appelait encore, mais sa lumière verte et dorée coulait en moi, noyant sa voix, reconstituant mes barrières. J'avais davantage de force contre lui. J'avais sa force à elle…

— Désolé pour quoi ? Pour m'avoir larguée à New York, ou pour t'être presque fait tuer ? lâcha-t-elle.

Je la regardai, stupéfait, tandis qu'elle me mit quelque chose dans les mains.

— Bois. Maintenant.

Je m'exécutai, le goût sucré du nectar chassant mes idées noires. Lorsque je terminai le verre, je réalisai que je mesurai encore deux fois sa taille et je me rétrécis.

— Je vais vous laisser, patron, dit Hécate derrière moi.

Mais je ne la regardai toujours pas. Je ne pouvais pas détacher mes yeux de Perséphone. Ma reine. Ma sauveuse...

— Merci, Hécate. Et... S'il te plaît, sois gentille avec Sam ! lui lança Perséphone avec un sourire.

— Comme si je n'étais pas toujours gentille ! répliqua Hécate avec un petit rire.

Puis, en éclair, elle disparut, me laissant seul avec Perséphone qui me regarda d'un air sévère.

— Si je suis là, c'est uniquement grâce à Hécate qui tient profondément à toi ! Mais laisse-moi te dire que tu es un idiot ! me réprimanda-t-elle, l'exaspération et la peur se lisant sur son beau visage. Que se passerait-il si Zeus découvrait que tu as perdu le contrôle comme ça ?

— Il confierait mon royaume à quelqu'un d'autre et me laisserait dans le Tartare pour l'éternité, répondis-je.

D'ailleurs, c'était exactement ce que j'avais voulu. Sans elle, je n'avais plus de raison de vivre. Plus rien n'avait de sens quand elle n'était pas à mes côtés. De toute façon, j'étais un monstre et j'étais voué à croupir dans cet enfer...

— Hadès, tu es lié à moi, comme je suis liée à toi. Même à New York, je pouvais sentir ta souffrance. Tu trouves juste de m'avoir fait subir cela ? s'insurgea-t-elle d'une voix emplie d'émotion.

Tandis qu'elle me parlait, c'était comme si de l'électricité jaillissait de mon corps. En m'éloignant du monstre qui sommeillait en moi, je revenais doucement à la vie.

Alors, un sentiment que j'avais presque fini par oublier m'envahit : l'*espoir*.

— Tu sens le lien ?

— Oui. Je le sens, répondit-elle. Je *te* sens. Et tu avais raison...

Je tendis la main vers elle, mais elle recula.

— Hadès, tu comprends ce que je suis en train de te dire ? J'ai ressenti ce qu'il y a en toi. Tout est si noir, si cruel... Si toxique !

Sa voix tremblait, et je me sentais dévasté. Le monstre était donc plus fort que le lien. *Le monstre était plus fort que tout !*

— Tu as préféré m'abandonner plutôt que de combattre le monstre qui est en toi. Tu as refusé mon aide, et tu l'as laissé gagner !

Elle me regardait avec dureté et je réalisai soudain que ce n'était pas au monstre qu'elle en voulait. C'était à *moi*.

J'étais mort de honte...

— Tu es le roi des Enfers ! Si je dois être ta reine un jour, tu dois commencer à agir comme tel !

J'ouvris la bouche pour répondre mais elle m'interrompit.

— Tout le monde ici s'incline devant toi. Les démons les plus répugnants et les plus vicieux, les dieux les plus cruels piégés dans le Tartare... Tout le monde. Et ce monstre en toi n'est pas plus fort qu'ils ne le sont.

Je la regardai en écarquillant les yeux. Elle avait raison. Pourquoi n'avais-je jamais vu les choses ainsi ?

— Et si la seule façon de le contrôler, d'être plus fort que lui, est de rester auprès de la femme à laquelle tu es lié, pourquoi t'obstiner à vouloir me quitter ? C'est stupide !

— Je... je n'avais pas le choix, murmurai-je.

— Hadès, je n'en peux plus de ne rien savoir, que les autres prennent des décisions à ma place au sujet de ma vie, et que l'on me dise qu'il n'y a pas le choix !

— Je suis désolé. Je suis vraiment désolé. Je n'aurais pas dû te quitter...

— Je *n'aurais pas* pu te quitter, souffla-t-elle, me regardant comme si je l'avais trahie.

— Moi non plus, je ne le pouvais ! me défendis-je en passant mes mains sur mon visage. Je ne sais pas combien j'en ai tué. La plupart sont des démons qui vont se régénérer...

Mais beaucoup ne l'étaient pas, et je me dégoûtais moi-même.

— Alors pourquoi ? Pourquoi est-ce que tu m'as quittée ?

J'inspirai profondément en fermant les yeux. Je devais lui dire la vérité. Je ne pouvais pas la laisser penser que je ne l'aimais pas. *Je ne pouvais pas !*

— Tu ne dois jamais rencontrer Cronos, lui avouai-je finalement en ouvrant les yeux.

Elle fronça les sourcils.

— Le titan du Tartare ?

L'appréhension et la peur assombrirent son visage et je lui tendis à nouveau la main. Elle la prit avec hésitation et, dès que ses doigts touchèrent les miens, une étincelle parcourut ma peau.

— Perséphone, tu te souviens de ce que je t'ai dit ? Tu peux prendre le pouvoir des autres. Mais si tu prends le pouvoir d'un être beaucoup plus fort que toi, tu risquerais de te perdre totalement...

— Je ne comprends pas.

— C'est difficile à expliquer..., soupirai-je. Cronos est pris au piège dans le Tartare, et son pouvoir est sous contrôle. Mais si tu le rencontrais, il t'utiliserait comme pour canaliser son pouvoir, et...

Je m'interrompis.

— Quoi ? Qu'est-ce qui se passerait ?

Elle avait le regard hagard. Elle était terrorisée.

— Ton corps exploserait et libérerait ses pouvoirs, lui expliquai-je, la rage et la terreur bouillonnant à nouveau en moi à cette simple idée. Tu te détruirais, toi et tout ce qui t'entoure.

— Tu veux dire que je suis une bombe ?

— Non ! Mais tu le deviendrais si tu prenais le pouvoir d'un être exceptionnellement fort.

— Comme toi ?

Sa voix était presque inaudible, comme si elle osait à peine prononcer ces mots.

— Non, m'empressai-je de la rassurer. Un être plus fort... Cronos est l'un des premiers Titans, il est né du ciel et de la Terre. Il porte en lui une force originelle colossale. Si tu prenais son pouvoir, tu détruirais le Tartare.

— Mais, alors, je le détruirais lui aussi, non ?

— Non... Un dieu ne peut pas être tué par son propre pouvoir.

Soupirant longuement, elle s'assit à côté de moi. J'étais si stupéfait par son retour que je n'avais même pas prêté attention à l'endroit où nous nous trouvions. Ce n'est qu'à ce moment-là que je réalisai que nous étions dans ma chambre, assis sur mon lit.

— C'est pour ça que Poséidon me déteste ? Il pense que je représente un danger ?

Je me tournai vers elle et remarquai qu'elle portait toujours la robe de bal rouge, brûlée et déchirée.

— Oui.

— Pourquoi est-ce que tu ne m'as pas dit tout cela

avant ? Je n'aurais jamais essayé de récupérer mes pouvoirs, si j'avais su, déclara-t-elle. Car, finalement, si je n'avais pas mes vignes, il n'y aurait aucun risque que Cronos les utilise...

— Si je te l'avais dit avant, cela n'aurait servi à rien qu'à t'inquiéter. Dès l'instant où tu as mangé la première graine, il était trop tard.

— Reprends-moi mes pouvoirs, alors ! me supplia-t-elle.

— Non. Je ne te quitterai plus jamais. Or, si tu dois devenir la reine des Enfers, tu dois récupérer tes pouvoirs. Sans eux, tu ne pourrais pas survivre, ici. Et...

Je caressai sa joue et plantai mon regard dans le sien.

— Et j'ai besoin de ta magie. Tu es la seule à pouvoir me sauver, Perséphone.

QUATRE

PERSÉPHONE

Les mots d'Hadès résonnaient en moi, se mêlant à toutes les autres pensées qui se bousculaient dans ma tête.

Tu es la seule à pouvoir me sauver.

Je savais que c'était vrai. J'étais sa lumière qui éclairait son obscurité, le baume qui apaisait sa douleur. Je guérissais son âme brisée. Le lien qui nous unissait brûlait en moi, et le désir de l'aider, de le guérir, de le libérer de toute sa douleur, était écrasant.

— Est-ce que tu pourrais... aimer un monstre ? me demanda-t-il avec hésitation.

Je le regardai dans les yeux, sa question suscitant en moi des émotions que je n'avais jamais ressenties auparavant. Je l'imaginais tel que je venais de le voir : imposant, bleu et effrayant, toute sa cruauté s'infiltrant comme du poison en moi, à travers mes vignes.

Mais ce n'était pas vraiment lui.

— Non. Je ne pourrais pas aimer un monstre. Mais je pourrais t'aimer, *toi*.

Il serra ma main plus fort, et je lus sur son visage anguleux plus de peur que je n'aurais imaginé en lui.

— Pourtant... Tu as vu ce qu'il y a en moi, murmura-t-il.

— Et je te demande de ne plus jamais laisser ce monstre gagner. Je ferai tout ce qu'il faut pour t'aider, Hadès. Tu portes un fardeau plus lourd que la plupart des gens, mais ce n'est pas ce fardeau qui définit qui tu es.

Je réalisai de l'engagement que je prenais en prononçant ces mots, mais ils sortirent naturellement de ma bouche. Je parlais avec toute la force et la détermination que me procurait le lien qui m'attachait à Hadès et qui brûlait encore plus fort en moi. Je savais avec une certitude absolue que je devais être là où était Hadès. Aussi longtemps que je vivrai, j'aurais besoin d'être à ses côtés. Il était ma maison. Il était *tout*.

— Je t'aime, Perséphone, dit-il.

Ses yeux argentés brillaient, toute trace de mélancolie ayant disparu.

Je n'avais jamais aimé un homme auparavant, et je ne pouvais comparer avec ce que je ressentais avec aucune précédente relation. Mais je n'avais aucun doute que ce besoin intense qu'il soit heureux, en sécurité, et avec moi toujours, était de l'amour.

— Je t'aime aussi, susurrai-je, approchant mon visage du sien.

Nos lèvres se rencontrèrent.

Des étincelles de plaisir jaillirent autour de nous, sa langue s'enroulant autour de la mienne avec une frénésie aussi passionnée que délicieuse. J'avais besoin de lui. Je voulais lui montrer à quel point je le désirais. Je ne voulais plus aucun fossé entre nous, aucune distance créée par le doute ou la peur.

Il glissa ses mains sur mon visage, ses doigts caressant ma joue, puis les enfouit dans mes cheveux emmêlés. J'enroulai mes bras autour de son cou, plaquant encore davantage mon visage contre le sien, tandis que mon entrejambe devenait de plus en plus humide. Puis, avec dextérité, il me souleva, passa un bras autour de mon dos et l'autre sous mes jambes. Je gémis de plaisir et il me sourit, les yeux brillants de désir et de promesse.

— Un bain, pour ma reine, dit-il d'une voix rauque, en se levant.

J'embrassai sa mâchoire, son cou, et sa poitrine alors qu'il me portait à travers la pièce somptueuse. Chaque fois que mes lèvres effleuraient sa peau, je sentais de petites étincelles de plaisir à travers tout mon corps. Était-ce le lien ? Si les baisers étaient aussi bons...

— Si tu continues comme ça, je vais ne pas pouvoir attendre et vais te prendre contre ce mur, mais ce n'est pas comme ça que j'envisage notre première fois, grogna-t-il.

Je levai les yeux vers lui.

— Tant que tu me prends, tout me va, dis-je, surprise par ma propre voix, plus rauque que d'habitude.

Je le désirais depuis si longtemps que j'étais prête. Avec un petit grognement, il ouvrit une porte avec son pied. Nous entrâmes alors dans ce qui ressemblait à un palais en marbre, et il me fut un certain temps avant de réaliser qu'il s'agissait d'une salle de bain. La baignoire n'avait rien d'ordinaire ; on aurait plutôt dit une piscine encastrée dans le sol en pierre, alimentée par une cascade d'eau jaillissant du mur. Et, sur l'autre mur, se trouvait une double vasque surmontée d'un long miroir.

Hadès me reposa sur mes pieds et s'éloigna de moi, croisant ses bras sur sa poitrine nue.

— Tu dois enlever ta robe avant d'entrer dans le bain.

Mon excitation était si intense qu'elle en était presque douloureuse.

— Dans ce cas, tu vas devoir me l'enlever, lui suggérai-je avec un sourire espiègle.

Soutenant mon regard, il s'approcha de moi et, lentement, dénoua les lacets qui tenaient mon corset, lequel se desserra petit à petit jusqu'à tomber à ma taille.

— C'est fait, grogna-t-il.

Je me tournai vers lui, le mouvement faisant tomber ma robe desserrée sur le sol, autour de mes pieds. Il prit une profonde inspiration, entrouvrant les lèvres.

— Tu es tellement belle, murmura-t-il.

Je savais qu'il était sincère, et je n'eus aucun mal à faire glisser ma culotte le long de mes jambes.

— Tellement belle, souffla-t-il encore, ses yeux rivés sur mon entrejambe.

Puis il les releva vers moi et, avec un sourire conquérant, claqua des doigts.

Aussitôt, son jean disparut.

J'eus de la peine à garder mon équilibre en découvrant sa nudité, dure, prête, et incroyablement *glorieuse*. Le désir était de plus en plus pressant, lisse, chaud, et indomptable. Mais, avant que je puisse me jeter sur lui, il me porta à nouveau et me fit entrer avec lui dans la piscine. C'était une explosion de plaisir : ma peau contre la sienne, l'eau chaude autour de nous... Frémissante, je gémis doucement alors qu'il nous enfonçait plus profondément dans la piscine.

Lorsque l'eau recouvrit ma poitrine, il me remit sur mes pieds, la chaleur du bain caressant mes mamelons durs, et un pain de savon apparut dans sa main. Je penchai la tête, sur le point de lui demander ce qu'il faisait, mais il parla le premier.

— Je veux effacer les horreurs de cette journée et faire en sorte que tu aies de bien meilleurs souvenirs, déclara-t-il.

Puis ses mains savonneuses effleurèrent mes épaules, mon dos, et descendirent jusqu'à ma taille... Je me raidis de plaisir. Lorsqu'il remonta ses mains sur mes seins, il baissa la tête et m'embrassa, mon gémissement s'écrasant contre ses lèvres. Sa langue tourna autour de la mienne au rythme de ses doigts sur mon corps, et je priai pour qu'il les descende plus bas. Je désirais plus que tout le sentir à l'intérieur de moi et, au comble de l'excitation, je passai mes mains sur mon corps, les recouvrant de mousse, puis les plantai sur ses abdos durs comme de la pierre. Je le sentis se tendre, ses mouvements s'arrêtant pendant une fraction de seconde, puis accélérant, son doigt et son pouce pinçant maintenant mes mamelons, et provoquant des spasmes de plaisir douloureux dans mon cœur. J'accélérai aussi le rythme de mes caresses, me délectant de la sensation de ses muscles durs, de son corps puissant, de la pensée de tout ce qu'il pouvait faire avec... N'y tenant plus, je fis glisser mes doigts plus bas, sous l'eau, et sentis ses poils, juste au-dessus de son sexe. Ma respiration se fit plus forte, et je dus interrompre notre baiser pour reprendre mon souffle. Mais, alors que mes doigts se refermaient autour de sa verge, il m'embrassa à nouveau avec passion et avidité.

Je faisais glisser ma main le long de son sexe avec un sentiment d'extase lorsqu'il me prit dans ses bras, me soulevant du fond de la piscine. Alors, il enroula l'une de mes jambes autour de sa taille, et je passai mes bras autour de son cou, m'accrochant à lui comme s'il était mon roc. Sa verge était maintenant au niveau de mon entrejambe, et je l'agrippai fermement, me penchant près de son oreille.

— Prends-moi. Je t'en supplie !

— Dis-moi que je suis à toi, grogna-t-il.

— Je suis à toi et tu es à moi.

Aussitôt, il me baissa légèrement, et un plaisir fougueux me parcourut alors que je le sentais pénétrer doucement en moi.

— Je suis à toi et tu es à moi, répétai-je dans son cou, le plaisir me faisant presque délirer.

Il me baissa à nouveau, poussant en moi plus profondément.

— Dis-le encore, haleta-t-il.

Je me déplaçai dans ses bras pour le regarder les yeux.

— Je suis à toi et tu es à moi, soufflai-je.

Ses yeux se couvrirent de désir avant qu'il ne m'empale complètement sur lui. Jetant la tête en arrière, je criai alors que mon corps se serrait autour de lui, me remplissant presque jusqu'à me faire mal. Il gémit, ses bras puissants me soulevant à nouveau, et des frissons de plaisir me parcoururent, effaçant tout autour de moi, sauf lui.

Chaque fois qu'il me faisait monter et descendre, je perdais davantage de moi-même dans son corps, mon esprit complètement envahi par un incroyable sentiment d'être à ma place. Il ne fallut pas longtemps avant que tout mon corps soit consumé par l'extase : chaque fois qu'il me remplissait, je perdais un peu plus le contrôle de moi-même.

— Je t'aime, Perséphone, haleta-t-il.

N'y tenant plus, je m'abandonnai totalement et un orgasme aussi bon que violent me traversa tout entière. Il cria et se tendit, et je me pressai contre lui, l'embrassant fort alors qu'il jouissait, mon cœur toujours submergé par des vagues de plaisir.

Lentement, l'eau autour de nous se calma, et Hadès passa sa main dans mes cheveux, pressant ma poitrine haletante contre la sienne alors que je frissonnais.

— Tu es fait pour moi, lui dis-je, la voix frémissante.

— Oui, confirma-t-il, avant de m'embrasser doucement et de me reposer doucement sur mes pieds. Nous étions faits l'un pour l'autre.

Il me conduisit jusqu'à la cascade d'eau et nous nous douchâmes, nous savonnant et nous caressant mutuellement comme des adolescents découvrant l'amour. Lorsque nous eûmes terminé, il me ramena dans sa chambre et m'allongea doucement sur le lit massif. Je regardai autour de la pièce avec curiosité. Comme celle d'Hécate, elle était sombre et élégante, avec d'imposants meubles en bois foncé et des rideaux noirs et doux. Mais, en levant les yeux, je découvris avec surprise que, à la place du plafond de pierre étoilé qu'il y avait dans ma chambre, le sien brillait de vignes dorées.

— Comme ça je pense toujours à toi, me dit-il en suivant mon regard. Tu es ma dernière pensée avant de m'endormir, et la première en me réveillant.

Il s'allongea à côté de moi.

— Comment ai-je pu passer tant d'années sans même savoir que tu existais ? murmurai-je en passant mes doigts le long de sa mâchoire rasée.

— Je suis désolé, dit-il.

— Tu dois arrêter de dire ça. Je t'ai pardonné.

C'était vrai. Il y avait encore beaucoup de choses que

je détestais dans l'Olympe, mais je savais que quoi qu'Hadès ait fait, il l'avait fait pour moi.

— Je te promets que je ne te quitterai plus jamais, dit-il d'une voix rauque.

— Tant mieux, lui souris-je, le bonheur inondant ma poitrine. Mais nous avons beaucoup de retard à rattraper..., ajoutai-je en le regardant droit dans les yeux.

— Tu as raison, ma reine, répondit-il, le regard luisant de désir et de luxure.

Il roula sur moi, la sensation de sa peau chaude faisant picoter la mienne. Nos yeux étaient rivés dans ceux de l'autre, et il passa doucement sa langue sur sa lèvre.

— Je me souviens que tu m'as dit que tu me ferais oublier mon propre nom, risquai-je, le souffle court.

— C'est ce que j'ai fait, répondit-il en baissant la tête.

Il a pris mon mamelon dans sa bouche, en le mordillant et le suçant, tandis que je me cambrais contre lui, prête à le recevoir en moi à nouveau. Il fit glisser ses lèvres le long de mon ventre, formant un sillage incandescent sur mon corps. Lorsqu'il atteignit le sommet de mes cuisses, il ralentit, et passa délicatement sa langue autour de mon sexe, sans jamais le toucher tout à fait. C'était une véritable torture...

— Je t'en supplie, haletai-je.

Il me jeta alors un dernier coup d'œil avant que sa langue ne s'installe finalement juste entre mes jambes.

— Par tous les dieux, gémis-je en faisant glisser mes mains dans ses cheveux, consumée par le plaisir.

Il avait raison. Quelques minutes plus tard, je n'aurais pu dire mon nom à personne si ma vie en avait dépendu.

CINQ

PERSÉPHONE

Nous avons fait l'amour toute la nuit, insatiables. Chaque fois que je pensais au Tartare ou aux Épreuves, je l'embrassais pour éviter d'exprimer mes peurs, et il me rendait mon baiser comme s'il n'y avait rien de plus important au monde. Dans ses bras, j'avais l'impression d'être incroyable, précieuse, et belle. Cela ne m'était jamais arrivé. Grâce à lui, je me sentais *reine*.

Et je découvrais qu'être avec un dieu apportait des avantages qui allaient bien au-delà du sexe, aussi magique soit-il. Chaque fois que nous avions faim ou soif, il claquait des doigts et tout ce que nous voulions surgissait de nulle part. Je voulais du café et des gâteaux ? Il les faisait apparaître. C'était formidable !

— Tu sais, nous allons bientôt devoir affronter les autres dieux, dis-je en portant une tasse de café délicieusement chaud à mes lèvres.

— Ils peuvent aller se faire foutre, répondit Hadès, ses yeux brillant dangereusement. Je veux que tu restes avec moi.

— Mais tu devras te montrer diplomate, dans ce cas...

Est-ce qu'ils vont rendre le reste des épreuves plus difficile pour moi ?

— Probablement, oui. Mais tu les gagneras, j'en suis sûr.

— Et si je perds ? Serai-je renvoyée ?

Je ne voulais pas poser la question, mais je devais le faire.

— Je ne sais pas, mais je serais obligé d'épouser Menthé.

La rage s'empara instantanément de moi et je sentis les vignes noires pousser contre mes paumes.

— Il en est hors de question, sifflai-je.

— Alors tu dois gagner.

Il se pencha et prit ma main, et je me forçai à garder mes yeux dans les siens, et à ne pas céder à la tentation d'effleurer son délicieux corps nu.

— D'accord. Pas de pression alors, dis-je finalement.

Puis une pensée me vint brusquement à l'esprit.

— Au fait, je n'ai jamais été jugée après la dernière épreuve.

— C'est vrai. Nous allons devoir remédier à cela.

Il laissa échapper un long soupir et serra ses doigts autour des miens.

— Perséphone, tu dois faire attention. Nous ne savons toujours pas qui se cache derrière ces cadeaux macabres que tu reçois, ni comment tu t'es retrouvée dans le Tartare. Zeus jure qu'il avait l'intention de t'envoyer dans son royaume, et je le crois. Je ne l'aime pas, mais il n'est pas stupide au point de jouer à des jeux aussi dangereux pour l'Olympe.

— Tu vas m'enfermer dans ma chambre pour le reste des épreuves, n'est-ce pas ? dis-je avec un sourire triste.

— Non. Je vais t'enfermer dans la mienne, me sourit-il en retour.

— Il y a pire comme punition ! dis-je avec un clin d'œil, avant de poser mon café sur la table de chevet.

Je commençai à l'embrasser, mais nous fûmes interrompus presque immédiatement.

— Hadès ! Tu es attendu sur le mont Olympe. Maintenant !

Nous sursautâmes tous les deux, et le visage d'Hadès s'assombrit.

— Il est le seul à pouvoir faire ça, grogna-t-il. Aucun des autres dieux ne peut passer à travers mes défenses.

— Zeus ? devinai-je.

Hadès acquiesça.

— Est-ce qu'il sait que je suis ici ?

— Peut-être. Nous irons ensemble.

Nous nous habillâmes rapidement, Hadès faisant apparaître ma tenue de combat en cuir pour moi. Lorsqu'il me demanda si j'étais prête, je serrai sa main fermement et hochai la tête puis, en un éclair, nous fûmes transportés dans la salle du trône de Zeus, au sommet de la montagne.

Au visage que Zeus fit en me découvrant, je compris qu'il ne savait pas que j'étais de retour. Il était énorme, sur son trône, une lumière violette étincelant autour de lui et un orage remplissant ses yeux. Le regarder était presque douloureux, et je réalisai avec appréhension qu'il était prêt à se battre avec son frère.

— Qu'est-ce qu'elle fait ici ? aboya le dieu du ciel.

— Elle est venue terminer les épreuves, déclara Hadès lâchant ma main pour grandir à son tour.

Une lumière bleu pâle commença à scintiller autour de lui et je regardai tour à tour les deux frères, tremblante d'inquiétude. Un combat entre ces deux-là serait terrible, et probablement mortel pour quiconque ne serait pas olympien.

— J'ai entendu dire que tu avais causé la mort de soixante citoyens. Explique-toi.

Une sensation de malaise m'envahit alors que je regardais Hadès. Il avait tué soixante personnes ?

Non, c'est le monstre qui l'a fait. Pas lui. Il ne perdra plus jamais le contrôle si tu es près de lui, tentai-je de me rassurer.

— Je ne sais pas comment que tu as eu cette information, mais ce que je fais avec les prisonniers dans mon propre royaume ne te concerne pas, cracha Hadès.

— Tout ce que tu fais me concerne, désormais, cher frère ! Tu n'es pas digne de confiance.

Zeus regardait Hadès les yeux plissés, et parlait d'un ton menaçant.

— C'est toi qui l'as fait revenir, Zeus. *Tu* es responsable de cette situation, et tu dois maintenant en accepter les conséquences ! Je demande d'ailleurs à ce que le jugement de la dernière épreuve ait lieu immédiatement.

La voix d'Hadès était tranchante comme un rasoir et, alors que les deux dieux se fusillèrent du regard, la tension crépitait dans l'air. Je cherchai dans mon esprit un moyen d'apaiser la tension, mais Zeus prit la parole.

— Je suis d'accord pour qu'elle termine les épreuves. Appelez les juges ! lança-t-il.

J'étais estomaquée et le regardai, bouche bée, tandis qu'Hadès s'immobilisa à côté de moi, reprenant lentement sa taille normale.

— *Je ne m'attendais pas à ce qu'il cède si facilement. Que se passe-t-il ?* dis-je en silence à Hadès, qui posa ses yeux sur moi.

— *Zeus peut entendre tout ce que nous disons dans son*

royaume, même lorsque nous nous parlons de cette manière, me répondit-il mentalement.

Paniquée, je regardai Zeus, qui me souriait d'un air cruel.

— Mon royaume, mes règles, dit-il avec un haussement d'épaules, avant de redevenir, dans un scintillement, le type qui était venu me chercher au café.

Il étendit le bras et les onze autres trônes se matérialisèrent. Puis, dans un éclair, les autres dieux apparurent. Je ne pus m'empêcher de jeter d'abord un coup d'œil à Poséidon, dont le visage s'assombrit de fureur lorsqu'il me vit.

— Que fait-elle ici ? Je croyais que tu l'avais renvoyée chez elle ? siffla-t-il.

— Elle va terminer les épreuves, dit Hadès en soutenant le regard furieux de Poséidon.

Avec un grognement, Poséidon s'assit, et Hadès m'adressa un coup d'œil rassurant avant de rejoindre son trône.

— C'est de la folie, Hadès, lui lança Poséidon.

Je ne pouvais pas m'empêcher de ressentir dans mes tripes que le dieu de la mer avait raison. À sa place, ne voudrais-je pas me débarrasser de quelqu'un ayant le potentiel de précipiter le monde à sa fin ?

Maintenant que j'avais quitté la bulle de bonheur que nous avions formée la nuit dernière et que j'étais revenue à la réalité, je prenais conscience de ce qui s'était passé. Quelqu'un m'avait délibérément envoyée au Tartare. À Cronos. Donc, quelle que soit cette personne, elle devait savoir que mon pouvoir était un moyen pour Cronos de s'échapper et de détruire la Vierge. Or, Cronos ne se contenterait certainement pas de détruire la Vierge ; il détruirait probablement tout l'Olympe. Qui pouvait savoir cela ? Je regardai un à un tous les dieux, faisant de mon mieux pour garder le visage impassible et ne pas montrer mes soupçons.

Lorsque mes yeux se posèrent sur Zeus, je me souvins que sur le mont Olympe, il pouvait lire chacune de mes pensées. En soutenant son regard, j'évoquai l'idée de le frapper au visage, le frappant au nez à plusieurs reprises. Il laissa échapper un petit rire.

— Bonjour, Olympe ! En raison d'une tournure inattendue des événements, nous n'avons pas pu partager la dernière épreuve de Perséphone avec vous, et le jugement a été légèrement retardé. Mais nous sommes ici avec Perséphone elle-même, et les juges sont maintenant prêts à donner leur verdict !

Mes vignes me démangeaient alors que le commentateur, que je trouvais de plus en plus irritant, me regardait avec un sourire rayonnant depuis le pied de l'estrade. Je lui jetai un regard noir, avant de me tourner vers les juges. Je fus momentanément distraite par la vue imprenable sur les nuages derrière eux, mais la voix du commentateur me ramena à la réalité.

— Rhadamanthe ?

— Moins un jeton !

La colère m'envahit. Ce n'était pas ma faute si je n'avais pas pu terminer l'épreuve de Zeus, pourquoi devais-je perdre une graine ?

— Étaque ?

— Moins un jeton ! dit le juge à la peau pâle, en hochant sérieusement la tête.

Je serrai les dents pour ne pas hurler.

— Minos ?

— Moins un jeton, Perséphone.

J'aurais juré qu'il y avait un soupçon d'excuses dans

les yeux sombres et sages du dernier juge, mais je le fixai tout de même avec colère, jusqu'à ce qu'il disparaisse en même temps que les deux autres. Alors, la boîte à graines apparut soudainement dans ma main. Je la regardai avec appréhension. J'avais gagné quatre jetons et mangé deux graines, je savais donc ce qui m'attendait... Avec un soupir, j'ouvris lentement la boîte. L'une des deux graines restantes, parfaitement conservée, vibra dans la boîte, puis disparut.

Au moins, je n'avais rien perdu de mon pouvoir, me consolai-je.

Et il restait encore trois épreuves à disputer. Menthé avait terminé les épreuves avec cinq graines. Si je gagnais les trois épreuves restantes, je pouvais encore gagner. Je *devais* gagner. Je refusais catégoriquement de voir Hadès épouser une autre femme, encore moins Menthé. Rien que de penser à elle dans son lit, mes entrailles se tordaient. Je chassai ces pensées de mon esprit ; je devais rester concentrée.

— La charmante Perséphone perd donc un jeton, ce qui lui en laisse trois. Demain, nous saurons quelle sera la prochaine épreuve, qui ouvrira le troisième tour ! lança le commentateur.

Puis tout clignota autour de moi et je quittai la salle du trône.

Je clignai des yeux en arrivant dans ma chambre, le soulagement me submergeant en voyant Hadès se tenir à côté de moi.

— Pourquoi n'as-tu pas pu nous faire sortir du Tartare de cette façon ? lui demandai-je en me tournant vers lui, pensant soudain à cette possibilité. Pourquoi ai-je dû te toucher ?

— Parce que j'utilisais à peu près toute ma force pour retenir Cronos. Je n'avais plus assez de pouvoir pour t'atteindre.

Sa voix dure exprimait sa colère, et je me mis sur la pointe des pieds pour l'embrasser sur la joue. Son expression s'adoucit instantanément.

— Merci de m'avoir secourue, murmurai-je.

Il prit mon visage dans ses mains et approcha mon visage du sien. Mais juste au moment où il se penchait pour m'embrasser, une voix masculine nous interrompit.

— Persy, qu'est-ce qui se passe ?

Je me retournai et découvris mon frère, blanc comme un linge, franchir ma porte, suivi d'Hécate qui semblait exaspérée.

— Tu étais plus facile que lui lorsque tu es arrivée à l'Olympe, me lança-t-elle.

Elle tint la porte ouverte quelques secondes, et un large sourire fendit mon visage lorsque je vis Skop entrer à son tour et bondir vers moi. Hécate ferma alors la porte d'un coup de pied et croisa les bras sur sa poitrine. Sam, lui, semblait médusé, regardant tour à tour le petit chien et Hadès.

— Mon Skop ! m'exclamai-je en caressant le kobalos qui était maintenant sur mon lit et qui remuait la queue en sautillant vers moi.

— *Je suis vraiment, vraiment content que tu sois de retour, Persy ! Hadès n'aurait jamais dû te ramener chez toi !*

— *Merci Skop. Je suis contente aussi d'être revenue. Mais ce n'était pas la faute d'Hadès, tu sais...* lui dis-je silencieusement. *Nous nous sommes réconciliés.*

Je fus incapable d'empêcher mes joues de rougir, et Skop aboya.

— *Vous avez baisé ! Enfin !*

— Persy ! intervint Sam d'un ton tranchant qui me ramena aussitôt à la réalité.

Lui et Hadès se regardaient, de plus en plus de fumée noire s'échappant de la peau d'Hadès.

— Non, ne te transforme pas en fumée ! le suppliai-je en posant ma main sur son bras. S'il te plaît, laisse-le te voir. C'est mon frère. Il s'appelle Sam.

Puis je me tournai vers Sam.

— Je te présente Hadès !

Mon frère ouvrit la bouche plusieurs fois, mais rien ne sortit.

— Voici Skop. Et tu as déjà rencontré Hécate, continuai-je.

Je me sentais coupable d'être restée enfermée avec Hadès dans une bulle de luxure pendant des heures, alors que mon frère était quelque part dans le monde souterrain, en train de paniquer. Même si je devais admettre que j'éprouvais une certaine satisfaction à ce qu'il réalise enfin, même à ses dépens, que je n'étais pas folle et que tout cela existait bel et bien...

— Euh..., balbutia-t-il finalement.

— Enchanté de te rencontrer, dit Hadès avec raideur.

— Dans notre monde, nous nous serrons la main, lui soufflai-je.

— Je suis un dieu et un roi, dit-il en me regardant. Les gens ne me serrent pas la main : ils s'inclinent devant moi !

— Je sais, mais il s'agit de mon frère et il est un peu choqué. Si tu acceptais de lui serrer la main, ça pourrait le détendre un peu et l'amener au truc du dieu/roi en douceur...

Hadès me regarda un instant, avant de se tourner vers Sam et de lui tendre la main à contrecœur. Sam le fixa pendant quelques secondes, puis fit un pas en avant et la lui serra.

— Tu disais la vérité, murmura-t-il en me regardant.

— Eh oui..., répondis-je en hochant la tête.

— Ça veut dire que tu as vraiment des pouvoirs magiques ?

Sa voix était remplie de crainte et je regardai Hécate.

— Qu'est-ce que tu lui as dit ? Je pensais que tu allais au moins lui expliquer un peu comment fonctionnait l'Olympe...

— Je ne lui ai rien dit. Il m'énervait, alors j'ai demandé à Hypnos de l'endormir, dit-elle en haussant les épaules.

Je fermai les yeux et serrai la mâchoire un instant alors qu'Hadès laissait tomber la main de Sam.

— Hécate, non pas que je ne sois pas heureuse de voir mon frère, mais pourquoi l'as-tu amené ici ?

— Il a dit que j'étais ultra-sexy !

— Ce n'est pas une bonne raison, intervint Hadès d'un ton sec.

— *C'est une excellente raison, au contraire !* commenta Skop.

Je soupirai.

Comme si je n'avais pas déjà suffisamment de choses à gérer !

SIX

PERSÉPHONE

Je demandai à Hadès de faire apparaître du nectar et, une fois que Sam fut assis et eut terminé la boisson renforçante, il était beaucoup plus détendu. Je ne pus m'empêcher de ressentir de la satisfaction en voyant le visage ébahi de mon grand frère devant mes vignes. Habituellement, c'était moi qui étais impressionnée par Sam. Il avait un excellent travail – il créait des applications pour téléphones portables – et était complètement autodidacte. Et c'était grâce à lui que mes parents avaient pu quitter notre caravane miteuse et vivre dans l'immense camping-car qu'il leur avait offert.

Mais, même si je lui étais infiniment reconnaissante pour cela et que je l'adorais, je ne pouvais pas nier que ça faisait du bien d'être celle qui l'impressionnait, pour une fois.

Je lui montrai comment les vignes changeaient de couleur, et lui parlai du conservatoire et de la façon dont je pouvais faire pousser des plantes. Toutefois, je n'évoquai pas la partie sur les vignes d'or ; je ne voulais pas aborder mes pouvoirs sexuels magiques avec mon propre frère !

Je lui expliquai également les épreuves que j'avais gagnées jusqu'à présent, et le visage d'Hadès s'assombrissait de colère au fur et à mesure que je parlais, tandis que Sam semblait horrifié par tout ce que je lui racontais. Toutefois, comme il y avait Hécate et Skop avec nous, je ne mentionnai pas ce qu'Hadès m'avait dit à propos de Cronos et du Tartare. Je ne savais pas s'ils étaient censés le savoir. D'ailleurs, je préférais qu'ils ne le sachent pas. Être une bombe ambulante pouvant potentiellement détruire leur monde n'était pas exactement la chose dont j'étais le plus fière...

— Donc, maintenant, il te reste encore trois autres épreuves, que tu dois toutes gagner pour épouser Hadès ?

— Exactement !

— Et..., commença-t-il en regardant brièvement Hadès. Tu veux l'épouser ?

Il murmura la question, mais Hadès l'entendit et je sentis une vague de chaleur émaner de lui. Je ne pus m'empêcher de sourire. Qu'est-ce que Sam pensait pouvoir faire pour arrêter Hadès si je ne voulais pas l'épouser ? En tout cas, j'admirai son courage et je l'aimai encore plus pour avoir osé demander.

— Gagner les épreuves est la meilleure option pour moi, actuellement. Au moins, si je gagne, j'aurai le choix, dis-je prudemment.

La vague de chaleur provenant d'Hadès s'intensifia.

— *Tu sais, je viens juste de réaliser que je suis amoureuse de toi. Mais c'est peut-être un peu tôt pour être certaine de vouloir t'épouser,* dis-je à Hadès dans mon esprit.

J'avais utilisé un ton badin, mais il y avait une part de vérité dans ce que je venais de dire. Être séparée de lui me semblait être pire que la mort. Mais nous venions tout juste de coucher ensemble pour la première fois ; le mariage me semblait un peu prématuré...

— *Tu es à moi,* déclara Hadès dans mon esprit.

— *Oui. Corps et âme,* répondis-je.

L'air se refroidit.

— *Mais d'où je viens, il ne suffit pas de s'approprier quelqu'un. Mais nous discuterons de cela plus tard, si tu le veux bien...*

— *D'accord,* grogna-t-il.

— Sam, maintenant que tu sais que je suis en sécurité, je pense qu'Hécate devrait te ramener à New York, dis-je en m'asseyant à côté de lui sur mon lit et en regardant fixement Hécate.

— Certainement pas ! Tu es en sécurité *maintenant,* mais tu as encore trois de ces épreuves à faire ! contesta-t-il.

— Et comment comptes-tu m'aider ? lui demandai-je doucement. Tu es plus en danger que moi ici : tu n'as aucun pouvoir.

— Il est hors de question que je te laisse entre les mains de ces fous furieux, insista-t-il.

Une autre vague de chaleur s'abattit sur nous.

— Sam, tu pourrais être utilisé contre moi. Lors de ma première épreuve, ils ont failli tuer Skop parce qu'ils savaient que je tenais à lui. Tu imagines ce qu'ils pourraient faire s'ils apprenaient que tu es mon frère ?

— Je m'en fiche !

— Non, tu ne t'en fiches pas ! Lorsque nous sommes arrivés ici, tu as failli t'évanouir en voyant Hadès sous sa forme de dieu. Et cela a failli me tuer, avant que je ne récupère mon pouvoir.

— Il a failli te tuer ? Et tu envisages de l'épouser, putain ?

Sam me regarda bouche bée.

— Ce n'est pas aussi simple que ça !

— Persy, je reste. Si je ne peux pas t'aider physiquement, je pourrai au moins essayer de te ramener à la raison.

Il croisa les bras et me regarda d'un air obstiné.

Je soupirai. Hadès restait étrangement silencieux. Je me tournai vers lui.

— Peut-il rester quelque temps ?

Hadès me fixa, ses yeux argentés emplis de tension. Puis il se tourna brusquement vers Hécate.

— Tout ça est ta faute, c'est à toi de gérer ! lui dit-il.

Je voulus intervenir, mais il ne m'en laissa pas le temps.

— Perséphone va emménager dans mes appartements, reprit-il. Sam peut avoir cette chambre. Mais je te préviens : s'il la quitte une seule fois sans toi, je le confierai à ce putain de squelette auquel tu tiens tant !

— Oui, patron, dit Hécate en me lançant un sourire malicieux alors que mon frère semblait paniqué à l'idée d'être gardé par un squelette.

— Tu vas t'installer dans ses appartements ? murmura Sam en s'approchant de moi.

— Oui, dis-je simplement, osant à peine le regarder dans les yeux.

Clairement, c'était la pire présentation frère-petit-ami de tous les temps !

Mes nouvelles conditions de vie provoquèrent pas mal de remous… Sam s'est mis dans une telle colère à l'idée d'être enfermé seul dans une chambre sans fenêtre qu'Hécate finit par l'autoriser à dormir sur son canapé. Bien sûr, aucun de nous ne lui fit remarquer qu'il n'y avait pas non plus de fenêtres dans les appartements d'Hécate.

Convaincre Hadès de laisser Skop rester avec moi dans ses appartements fut en revanche plus difficile. Il faut dire que le petit chien ne me facilita pas la tâche, me lançant des insultes sur le roi des Enfers pendant tout le temps où je suppliai Hadès de le laisser venir avec moi.

— C'est l'espion d'un autre dieu, Perséphone ! Tu ne te rends pas compte de ce que tu me demandes ! s'emporta Hadès.

Je me souvins alors qu'Hécate m'avait dit combien Hadès était à cheval sur la préservation des secrets de son royaume.

— Mais c'est l'un de mes seuls amis ici, et il m'a aidée à rester en vie, plaidai-je. En plus, il en sait déjà beaucoup sur la Vierge maintenant. Et puis tu ne le verras presque pas ; il sera avec moi, et comme je n'ai pas le droit d'aller où que ce soit dans ce royaume…

— *Putain, non ! Je serai avec lui le moins possible,* dit Skop dans ma tête.

— *Tu as de la chance qu'il interdise à tout le monde de pouvoir lire dans les pensées !* le rabrouai-je. *Maintenant tiens-toi bien !*

— Bon, d'accord… Mais il dormira dans l'antichambre, et ne devra entendre aucune de nos conversations, grogna finalement Hadès.

— Merci ! m'exclamai-je en frappant dans mes mains.

Je me jetai à son cou, et je sentis qu'il se détendit,

tandis que mon frère marmonna quelque chose que je ne compris pas.

— Je t'en prie, me répondit Hadès sans avoir l'air de le penser. Maintenant, je suis navré, mais je dois vous quitter. J'ai négligé mes affaires et j'ai beaucoup de choses à… régler.

Je perçus la culpabilité et la douleur sur son visage, et ressentis sa honte à travers le lien. J'eus le cœur serré, car je savais qu'il n'échapperait pas aux conséquences de sa colère.

M'avait-il empêché de faire face aux conséquences de mes actes en me faisant boire à la rivière Léthé pour me faire oublier ce que j'avais fait ? Je ressentis de la frustration à cette possibilité, mais je me convainquis rapidement qu'Hadès avait certainement pris la bonne décision et qu'il était sûrement préférable que je ne me souvienne pas de ce que j'avais fait dans le passé. J'avais déjà suffisamment de choses à gérer, entre les épreuves, Cronos, et le Tartare – ce n'était pas la peine que je m'encombre avec le reste. Ça n'avait rien de bon à m'apporter…

Comment peux-tu ne pas vouloir savoir de quoi tu es capable ? Tu dois le savoir.

La voix en moi était ferme. J'étais en fait prise en ma peur de découvrir qui j'étais, et le sentiment que je devais être jugée pour ce que j'avais fait. Que je sois punie ou pardonnée, les deux étaient importants.

— Kérato se sera bientôt régénéré, déclara Hécate.

Je me sentis soulagée de savoir que le minotaure allait bien.

— Dis-lui merci de ma part, d'accord ? dis-je à Hadès.

— Bien sûr ! Je te retrouve dans quelques heures, dit-il en se penchant pour m'embrasser doucement avant de disparaître.

Je ressentis un petit pincement au cœur, mais le lien entre nous me rassura. Je me tournai vers Sam, faisant de mon mieux pour ne pas penser à la myriade de soucis qui m'assaillaient.

— Bon... Il y a plusieurs choses que tu dois savoir sur les Enfers. Hécate, tu m'aides ?

~

Hécate avait à peine commencé à parler des douze royaumes à Sam que je fus engloutie dans une lumière blanche qui me transporta.

Je paniquai, m'attendant à me retrouver face au fleuve flamboyant du Tartare, et mes vignes jaillirent de mes paumes avant même que la lumière ne se soit dissipée.

Mais ce qui apparut devant moi n'était pas le décor sombre et enflammé auquel je m'étais attendu. La lumière était claire, il faisait chaud, et un léger vent soufflait. Tout était magnifique.

— Zeus ?

J'étais dans la salle du petit déjeuner sur la montagne de Zeus.

— À ta place, je n'essaierais pas d'utiliser ces vignes contre moi, résonna sa voix derrière moi.

Je me retournai, haletante. Il était torse nu, sous sa forme plus âgée et digne sous laquelle je l'avais vu quelques fois auparavant. En étant si près de lui, je m'aperçus qu'il était alors bien plus beau que le jeune homme blond qui m'avait enlevée de New York. Outre ses traits harmonieux et anguleux, sa poitrine bombée, et ses abdominaux dessinés, la lueur dans ses yeux était renversante. Tout en lui semblait être un appel au sexe. Comme si c'était sa nature profonde.

— Arrête ! Maintenant ! Je croyais que les dieux n'étaient pas autorisés à faire ça ? dis-je.

— Je ne vois pas de quoi tu parles, dit-il en se rapprochant de moi.

Je reculai.

— Je t'ai amenée ici car j'ai besoin de te parler de quelque chose de très important, reprit-il.

Il passa sa langue sur sa lèvre inférieure et ma poitrine se souleva.

Concentre-toi, Perséphone !

— Tu m'as dit que tu voulais que je gagne la dernière fois que j'étais ici. Pourquoi ?

— Parce que mon frère n'est plus le dieu qu'il était. Les Enfers l'ont changé.

— C'est toi qui l'as changé, pas les Enfers !

— Nous avons tous nos fardeaux, Perséphone. Tu crois que c'est facile pour moi de régner sur les cieux ?

— Je ne crois pas que ce soit aussi difficile que de régner sur les morts, rétorquai-je.

Zeus me regarda un long moment dans les yeux.

— J'admets que le Lion a des avantages par rapport à la Vierge, finit-il par admettre. Viens avec moi.

Il me tendit la main et je secouai la tête.

— Non.

Mais mon pied gauche bougea contre ma volonté.

— Bâtard ! grondai-je.

— Je ne te forcerai pas à faire autre chose que de bouger les pieds, fougueuse petite déesse, me sourit-il avant de me saisir la main.

Dans un autre éclair, nous quittâmes la montagne, et nous retrouvâmes sur un plancher en bois. Le vent soufflait fort dans mes cheveux alors que nous avancions. Je regardai autour de moi et découvris que nous étions sur un bateau, dont les voiles tendues brillaient comme un liquide métallique. Des nuages passaient devant nous de chaque côté, et des spirales de poussière scintillante filaient dans le ciel.

Un immense sentiment de liberté m'envahit, et je tendis les bras alors que nous nous envolions dans le ciel. J'avais l'impression que mes soucis s'éloignaient de moi dans le vent frais. Le bonheur prenait le pas sur tout – le passé, le futur, et le reste.

Puis une autre lumière blanche m'éblouit, m'arrachant au vent et me projetant dans un jardin de la cour. J'étais face à un treillis de fleurs absolument incroyable, couvert de roses de toutes les couleurs, dont les épines brillaient d'or.

— Magnifiques, n'est-ce pas ?

— Oui, soufflai-je en me retournant.

Zeus se tenait devant une grande fontaine, des libellules de la taille d'oiseaux s'élançant au-dessus de sa tête. Le mont Olympe se dressait derrière lui, d'autres navires volants naviguant autour de lui.

— Où sommes-nous ?

— Dans l'un des manoirs qui entourent le mont Olympe. Tu les as créées.

— Quoi ?

— Les roses aux épines d'or. Tu les as créées.

Je clignai des yeux et il rit doucement.

— L'Olympe t'a peut-être oubliée, Perséphone, mais tu as laissé une trace très profonde. Même Hadès l'ignore...

— Pourquoi m'as-tu amenée ici ?

— Tu dois savoir que les Enfers ne sont pas le seul endroit qui pourrait t'accueillir.

Je fronçai les sourcils.

— Tu essaies de... faire en sorte que toi et moi soyons amis ?

— Tu n'es pas censée rester sous terre, Perséphone. Tu es née de la lumière et de la nature. Pas des ténèbres et de la mort.

La peur s'empara de moi. Il avait raison. Quels que soient mes sentiments pour Hadès, je ne pouvais pas vivre éternellement dans la Vierge. Je ne pouvais pas vivre dans l'obscurité, avec ce paysage aride comme seule nature.

— Es-tu en train de me dire que je pourrais vivre dans des endroits comme celui-ci quand je serai la reine des Enfers ?

Je ressentais une sensation de malaise. Ce n'était pas ce qu'il me disait, et je savais que ce n'était pas le cas.

— Non, Perséphone. Ce que je veux te dire, c'est que tu n'as jamais été censée être la reine des Enfers. Une reine, oui. Mais pas des morts.

— J'aime Hadès, dis-je, les mots s'échappant de mes lèvres.

— Je n'en doute pas. Mais cela ne change rien au fait que tu ne peux pas vivre dans le monde souterrain. Regarde ce qu'il a fait à Hadès. Et il est beaucoup, beaucoup plus fort que tu ne le seras jamais.

Non... Non, je devais être avec Hadès. Mais il était lié à la Vierge. Il ne pouvait pas partir. Les Enfers feraient-ils de moi un monstre comme lui ? Était-ce ce qui s'était passé avant ? L'histoire d'Hécate me revint à l'esprit.

— Je peux sacrifier quelque chose ! Quelque chose d'important, pour sauver mon âme, dis-je rapidement.

— Et être aussi misérable que cette sorcière Titan toute ta vie ? me demanda Zeus d'une voix rauque en s'approchant de moi. Si seulement tu me faisais confiance, Perséphone, je pourrais faire de toi tellement plus...

SEPT

PERSÉPHONE

La magie de Zeus opérait sur moi : le doux parfum des roses, la caresse de la brise, la chaleur de son corps. Tout m'enivrait et annihilait ma capacité à penser de manière rationnelle.

— Plus que quoi ? demandai-je, le cœur battant. Qu'est-ce que tu peux faire exactement ?

— Je peux faire de toi tout ce que tu veux être. Une déesse sans contraintes, vivant dans la lumière, par exemple.

Ses mots étaient tellement apaisants... Je fixai son regard violet avec émerveillement.

— « Une déesse vivant dans la lumière », répétai-je doucement.

C'était exactement ce que j'avais toujours voulu. Je ne pouvais pas, je ne *voulais* pas, passer le reste de ma vie dans le noir. Or, c'était ce qui m'attendait si je décidai de rester aux côtés d'Hadès.

Tu ne pourrais pas briller dans l'obscurité.

Mais je n'imaginais pas non plus vivre sans Hadès...

En fait, je ne savais plus ce que je voulais. J'étais

perdue. Je n'étais même plus certaine de vouloir épouser Hadès ; c'est pour cela que j'avais décidé de donner ma réponse après l'épreuve – c'était une manière de fuir la réalité. Car, en réalité, même si je l'aimais, je me sentais incapable de vivre dans les Enfers avec lui.

Je ne peux tout simplement pas vivre dans le noir !

Qu'avais-je fait ? J'avais laissé le lien se reformer. Je m'étais autorisée à tomber amoureuse d'un homme avec qui je ne pouvais pas être – un homme qui avait besoin de moi pour que son âme survive. J'avais conscience que, si je partais, j'allais nous détruire tous les deux, mais ces parois rocheuses, de l'antre de l'Empusa, du fleuve ardent du Tartare dans lequel baignaient des âmes torturées, du paysage vide et à peine éclairé... Tout cela finirait par prendre mon âme !

Alors que je réalisai dans quel dilemme je me trouvai, des larmes brûlantes emplirent à nouveau mes yeux. Plus je restais dans cet endroit, plus je perdais mon âme. Que ce soit dans cent ans ou dans mille ans, mon âme finirait par mourir. J'en étais certaine désormais.

— Perséphone, laisse-moi te montrer la vie que tu devrais vivre. Laisse-moi te montrer ce que tu mérites vraiment.

— Que dois-je faire ?

— Gagne les épreuves. Prouve que tu es digne de porter une couronne. Et lorsque j'annoncerai au monde que tu seras la reine d'un tout nouveau royaume, *ton propre* royaume, rempli de lumière, de vie, et de nature, tu devras te tenir à mes côtés.

Un nouveau royaume ? Parlait-il du royaume qu'Hadès avait créé et pour lequel il était puni ? Je restai bouche bée devant Zeus, prise entre la joie que me procurait ce qu'il me prédisait et la peine que je ressentais en pensant à la douleur d'Hadès.

— Tu le détestes à ce point ?

Le sourire de Zeus disparut.

— C'est ça ? Tu le détestes vraiment, n'est-ce pas ? Au point de vouloir que la femme qu'il aime le quitte et dirige le royaume qu'il a créé pour la remplacer ? Tu n'es qu'un monstre sans cœur, cruel, et vicieux ! criai-je.

D'un seul coup, mon sentiment d'apaisement avait laissé place à une rage incontrôlable. Des vignes noires jaillissaient de mes paumes, serpentant vers Zeus.

— En fait, tu as peur de lui, Zeus ! Tu as sous-estimé son pouvoir, et tu crains maintenant de ne plus pouvoir le contrôler !

Le roi des dieux perdit son beau visage, se transformant en un monstre de colère.

— Il n'a pu créer ce royaume qu'avec l'aide cette garce de Titan, siffla-t-il. Il n'est pas si fort que cela, tu sais... Ne le laisse surtout pas te berner. Tu pourrais être beaucoup plus forte que lui !

— Non, Zeus. Je ne pourrais pas. Et pour te dire la vérité : je suis prête à tout, même au pire, pour passer l'éternité avec lui. Je te préviens... Lorsque nous serons réunis, tu ne feras pas le poids face à nous !

En une seconde, Zeus fit trois fois sa taille normale, et des éclairs violets clignotaient autour de lui. Le tonnerre éclata au-dessus de moi, mais mes vignes ne reculèrent pas. Au contraire, elles grandirent en même temps que lui, devenant incontrôlables.

Je n'avais pas peur de Zeus, et réaliser cela me donna encore davantage d'assurance. J'imaginai Hadès à mes côtés, me transmettant sa force et son amour.

— Es-tu en train de me menacer ? rugit Zeus.

— Parfaitement ! Je te conseille de rester loin d'Hadès. Tu lui en as assez fait.

Il éclata d'un rire tonitruant.

— Si je ne te respectais pas autant, je t'écraserais sur le champ ! rit-il. Tu crois vraiment que tes lianes et tes plantes vont te suffire à protéger le roi des Enfers, l'un des trois êtres les plus puissants de l'Olympe ?

J'ouvris la bouche pour lui faire remarquer que les Titans étaient plus forts que lui, mais il reprit sa taille normale, et je vacillai, surprise.

De nouveau sous son apparence humaine, il me sourit calmement.

— Tu as réussi, Perséphone, me dit-il.

Mais son amabilité disparut aussitôt, et il me fusilla du regard.

— Mais tu es sur une pente glissante, ne l'oublie pas... Menace-moi encore une fois, et je te tue !

— « Réussi » ? Mais réussi quoi ?

J'étais si confuse que je ne prêtai même pas attention à sa menace.

Héra apparut à côté de lui dans un éclair turquoise, et mes vignes se désintégrèrent aussitôt.

— Tu viens de réussir l'Épreuve de loyauté, Perséphone, me dit-elle avec un sourire.

Je clignai des yeux, sidérée.

— Félicitations ! Hadès aura beaucoup de chance de t'avoir à ses côtés si tu remportes la compétition.

HUIT

HADÈS

Lorsqu'elle atterrit dans ma salle du trône, Perséphone semblait si confuse qu'elle était incapable de prononcer le moindre mot.

J'étais hors de moi, et ne pouvais empêcher la fumée noire d'onduler autour de moi. La colère avait réveillé le monstre à l'intérieur de moi. Je serrais les poings en pensant au jour où je serais capable d'arrêter Zeus. Bientôt, il ne pourrait plus jouer avec moi comme si j'étais son jouet ! Malheureusement, je devais attendre la fin des épreuves pour pouvoir agir, étant privé de mon autorité pendant le reste de la compétition.

Zeus le savait et en profitait pour faire tout ce qu'il voulait de Perséphone, avec le soutien des autres Olympiens. C'est ainsi qu'il l'avait fait venir à lui, sans son consentement, pour la convaincre qu'elle ne pouvait pas vivre dans les Enfers avec moi.

La douleur se mêla à la colère, et une vague de chaleur s'échappa de moi alors que les yeux de Perséphone se posaient sur les miens. Elle semblait prendre conscience de la situation.

— *Tu as tout vu ?* me dit-elle dans ma tête, juste au moment où le commentateur apparaissait au pied de l'estrade.

Ce n'était pas une question, en réalité. Elle était sous le choc. Je ravalai ma colère et tentai de l'apaiser.

— *Oui. Et je ne t'ai jamais autant aimée.*

— *Je suis désolée. Je suis désolée d'avoir pu imaginer vivre loin de toi... Mais sa magie est si forte, je...*

— *Très peu peuvent résister au pouvoir de Zeus,* l'interromps-je, incapable de supporter plus longtemps sa peine et son angoisse. *Et encore moins sont capables de le menacer comme tu l'as fait. Tu avais l'air d'une vraie reine !*

— Bonjour, Olympe ! clama le commentateur de sa voix joyeuse qui attira l'attention de Perséphone. Comme vous venez de le voir, la petite Perséphone a réussi l'épreuve de loyauté !

Je tournai mon regard vers Zeus, la haine bouillonnant dans mes veines. Le monde avait vu ce qu'il avait bien voulu montrer – mais ce n'était qu'une partie de la réalité. Jamais il n'aurait laissé tout l'Olympe voir Perséphone lui tenir tête comme elle l'avait fait. Pas plus qu'il n'aurait pris le risque de mentionner l'existence du nouveau royaume devant tout le monde. Il n'avait montré que la partie où Perséphone avait hésité, se laissant amadouer par ses paroles. Il était tellement heureux de me torturer et me voir souffrir...

Il avait réussi son coup... Car, même si Perséphone avait fini par réagir d'une manière féroce plus que ce que j'aurais pu imaginer, ce que Zeus avait dit était vrai, et Perséphone le savait. Elle n'était pas faite pour les ténèbres et la mort. Avec le temps, elle finirait par se renfermer, gangrenée par le désespoir et la tristesse. Elle ne serait alors plus que l'ombre d'elle-même. Et ce serait ma faute. Comment pouvais-je laisser cela se produire ?

Ses mots résonnaient encore dans mon esprit.

Je suis prête à tout, même au pire, pour passer l'éternité avec lui. Je te préviens... Lorsque nous serons réunis, tu ne feras pas le poids face à nous !

Son amour était si puissant qu'il me faisait presque mal.

Sentant mes émotions à travers le lien qui nous unissait, elle posa à nouveau ses yeux sur moi et m'adressa un sourire doux et apaisant.

— La parole est maintenant aux juges ! chanta le commentateur, m'extirpant de mes pensées.

Aussitôt, les juges apparurent au milieu d'une lumière scintillante. Chacun leur tour, ils accordèrent à Perséphone un jeton, puis la boîte des graines apparut dans sa main. Elle la tenait comme si elle était toxique, et non comme une récompense.

Avant qu'elle ou moi puissions dire un mot, Zeus agita son bras et la pièce se vida immédiatement, ne laissant que les dieux olympiens assis sur leurs trônes.

— Où l'as-tu envoyée ? aboyai-je en sautant sur mes pieds.

— Détends-toi, mon frère. Je l'ai renvoyée exactement là où je l'ai trouvée, déclara-t-il d'un ton faussement nonchalant.

En réalité, il cherchait à me narguer et ma colère ne fit que s'intensifier.

— C'est mon royaume ! tonnai-je. Ce n'est pas à toi de congédier *mes* sujets !

— Hadès..., je m'attendais à ce que tu sois heureux. Perséphone a tenu tête au roi des dieux pour toi, me dit Héra en se levant. On peut dire que c'est un exploit !

— Tu parles d'un exploit ! ironisai-je. Maintenant, elle sait qu'elle ne sera pas heureuse ici. Elle sait ce que le reste de l'Olympe a à lui offrir.

Un sourire suffisant passa sur le visage de Zeus, aiguisant la fureur du monstre à l'intérieur de moi. Je le fusillai du regard, faisant de mon mieux pour me contenir.

— Elle t'aime, Hadès. Si elle gagne les épreuves, ce sera pour toi la promesse d'une vie meilleure, déclara Héra d'une voix douce.

— À moins qu'elle ne se souvienne de ce qu'elle a fait et qu'elle devienne encore une fois complètement folle ! ajouta Zeus.

— Tais-toi ! sifflai-je. Ses souvenirs et la rivière Léthé n'ont rien à voir avec ces épreuves !

La température de la pièce chuta alors que je canalisais mon pouvoir.

— D'accord ! dit Poséidon d'une voix forte.

— D'accord ! répondirent en chœur Athéna, Hermès et Dionysos.

Soulagé de constater que Zeus ne gagnait pas toujours, ma colère s'apaisa légèrement.

— Je n'ai jamais dit le contraire, marmonna Zeus en haussant les épaules.

Je regardai les dieux qui étaient restés silencieux. Je n'avais pas été informé que l'épreuve de loyauté allait se dérouler mais, en assistant à la scène, j'étais parvenu à une conclusion : non seulement celui ou celle qui était derrière les cadeaux macabres qu'avait reçus Perséphone devait savoir ce qu'elle avait fait avant de boire l'eau de la rivière Léthé, mais il ou elle devait également être capable de contrôler l'esprit des humains qui appartenaient à cette faction des *Morts-vivants du printemps*. Or, je ne savais pas qui l'avait envoyée au Tartare, mais il ne pouvait s'agir que de quelqu'un qui connaissait Cronos – ce qui limitait considérablement la liste des suspects...

Aux onze dieux devant moi.

Tous soutenaient mon regard, capables de voir à travers ma fumée. En les observant, je me demandais lequel d'entre eux pouvait avoir intérêt à libérer Cronos, le pire monstre que le monde n'ait jamais connu, et déclencher une nouvelle guerre qui mettrait fin au règne de l'Olympe ? Qui pouvait vouloir détruire le royaume de la Vierge ? Cela ne faisait aucun sens ! Il avait fallu une éternité pour construire l'Olympe. Nous avions mené tant de combats et commis tant d'erreurs pour aboutir enfin à ce monde qui bénéficiait à tous.

Pourquoi ? Pourquoi l'un d'entre eux voudrait détruire tout cela ? Je ne comprenais rien...

Mon regard se posa sur Arès. Se pouvait-il qu'il porte en lui tant de colère et de désespoir pour vouloir la guerre ? Il me lança un regard noir à travers la visière de son casque.

La seule chose dont j'étais certain, c'était que ça ne pouvait être aucun de mes frères. Ils avaient bien trop à perdre...

— Bien ! Si tu comptes rester silencieux et ne pas me divertir avec ta colère, alors je préfère m'en aller ! déclara Zeus.

Il se volatilisa, et les autres firent de même, Hermès et Aphrodite étant les seuls à me saluer poliment avant de disparaître à leur tour. En un instant, je me retrouvai seul.

Ou presque...

— Comment va Persy ? demanda Dionysos.

— Pourquoi cette question ? rétorquai-je d'un air soupçonneux.

— Détends-toi, mec ! Tu sais que je l'aime bien, cette petite !

Le dieu du vin pivota sur son trône, et passa une jambe par-dessus l'accoudoir.

— Tu sais parfaitement comment elle va, non ? J'imagine que ton petit kobalos te tient informé des événements...

— Hmm, fit Dionysos, une coupe de vin apparaissant dans sa main. Je t'offre un verre ?

— Non.

— Par toutes les nymphes ! Tu es d'un ennui... Amène ton cul à l'une de mes soirées, un de ces quatre ! me lança-t-il avant de boire son verre d'un seul coup.

— J'ai du travail, grommelai-je, contrairement au reste d'entre vous !

— Hadès, tu as des serviteurs, il me semble ? Délègue, mec ! Tu n'es pas obligé de passer toute ta vie dans cette grotte lugubre. Et elle non plus, d'ailleurs ! rit-il.

— Dit le dieu qui vit dans un arbre...

— C'est vrai... Mais c'est un très bel arbre ! rétorqua-t-il calmement en se levant et en s'étirant. Et c'est là qu'elle a grandi, je te rappelle...

— Bon, où veux-tu en venir, Dionysos ? Je suis occupé.

— Ce que je veux dire, c'est que cette pauvre petite n'est pas obligée de vivre dans ton monde pour être avec toi...

— Et où vivrait-elle ? Avec toi ? répondis-je en fronçant les sourcils.

— Par exemple... Elle l'a bien fait avant...

— Hors de question ! lâchai-je aussitôt.

— Elle aime les arbres, tu sais, elle serait heureuse, et...

— J'ai dit non !

Dionysos me regarda dans les yeux. Cette fois, son calme et sa nonchalance avaient disparu.

— Ce n'est pas à toi de décider. C'est à elle !

— Perséphone est à moi ! grognai-je, une lumière bleue émanant de moi.

— Du calme, mec ! Je n'ai jamais prétendu le contraire ! J'essaie juste d'aider ! déclara-t-il en levant les mains d'un air faussement benêt que contredisait son regard féroce. Pensez-y !

Puis il disparut sans me laissant le temps de répondre.

Malgré moi, je ne cessai de penser à la proposition de Dionysos. Il avait raison : Perséphone adorerait vivre dans le royaume du Taureau. C'était une île où régnaient la nature et la folie. Elle était couverte de plantes géantes et de créatures sauvages. C'était parfait pour elle. C'était d'ailleurs pour cela que Cérès avait choisi d'y faire grandir sa fille...

Peut-être était-elle faite pour ce royaume ? Après tout, elle avait souvent exprimé sa haine de la Vierge ; j'avais souvent évité le sujet, mais je n'avais maintenant d'autre choix que de l'aborder franchement avec elle. Pourtant, je ne pouvais m'empêcher de redouter sa décision. D'un côté je ne supportais pas l'idée de la faire souffrir mais, de l'autre, je n'imaginais pas un seul instant vivre sans elle... Bien sûr, si elle vivait dans un autre royaume que le mien, je pourrais lui rendre visite chaque fois que mes affaires me le permettraient. Mais je savais que cette option était difficile. Avec le temps, je m'étais aperçu que lorsque je quittai mon royaume trop longtemps, je perdais mon contrôle sur les démons et le Tartare.

Assailli par mes pensées contradictoires, je m'arrêtai dans sa chambre pour m'assurer qu'elle allait bien. Son frère et son kobalos étaient avec elle. Je fus déçu de ne pas pouvoir profiter d'elle mais, au fond, j'étais rassuré qu'elle ne soit pas seule.

Je m'éclipsai discrètement, me forçant à me concentrer sur des problèmes plus immédiats. Perséphone avait encore deux épreuves devant elle. Or, je devais veiller à ce que plus personne ne lui mette des bâtons dans les roues. Le simple fait de l'imaginer dans le Tartare fit rugir le monstre en moi, une rage noire me tordant les entrailles. Je devais parler à Kérato de mes soupçons. Aucun des humains de la faction que nous avions interrogés n'avait su nous dire comment les souvenirs lui étaient revenus. Or, s'ils étaient aux commandes d'un dieu, comme je le pensais, les interroger à nouveau était inutile. Ils ne lâcheraient rien.

NEUF

PERSÉPHONE

— *Tu ne pourras pas toujours m'éviter, tu sais.*

Je ne savais pas où était Hadès mais, où qu'il soit, j'espérai qu'il m'entendrait.

— *Je suis désolé. J'ai beaucoup à faire,* répondit-il immédiatement. *Va dormir, nous parlerons demain matin.*

Je poussai un soupir et m'allongeai sur son lit. Il était immense – trop grand sans lui, sans sa présence rassurante. Depuis qu'Hécate m'avait emmenée dans les appartements d'Hadès, j'avais eu beaucoup de temps pour réfléchir. Trop de temps...

Si j'étais soulagée d'avoir réussi une épreuve supplémentaire et d'avoir gagné une graine, je n'arrivais pas à calmer la colère que je ressentais contre les dieux. Certes, j'avais été prévenue de l'épreuve de loyauté, et je savais qu'elle interviendrait sans que je m'en aperçoive, mais comment avaient-ils osé me faire admettre devant tout le monde que je ne voulais pas vivre dans le royaume d'Hadès ? Jamais je ne les aurais crus capables de cela ; c'était encore plus cruel que tout le reste.

Il était passé, après l'épreuve, mais il avait eu l'air

tendu et mal à l'aise. Je n'avais pas su quoi lui dire, partagée entre ma crainte de vivre dans les ténèbres pour toujours et mon amour pour lui.

— *Les deux dernières épreuves vont être les plus difficiles,* déclara Skop, me sortant de mes pensées.

— Euh..., si Hadès te surprend sur son lit, tu vas être sacrément dans la merde, le prévins-je.

— *Persy, tu devrais manger une autre graine ! Plus tu auras de pouvoirs, plus tu auras de chances de survivre. Et de gagner !* répondit-il, visiblement davantage préoccupé par mon avenir que par une éventuelle colère d'Hadès contre lui.

— Je préfère attendre de découvrir en quoi consistera l'épreuve, rétorquai-je.

Je ne voulais pas avoir plus de pouvoirs ; j'étais déjà suffisamment dangereuse.

Je m'endormis avant le retour d'Hadès et me retrouvai presque immédiatement dans le jardin de l'Atlas.

— *Ah, petite déesse !* murmura la voix.

Une douce brise me caressait et je me laissai bercer par le calme environnant. Les tournesols avaient poussé ; ils étaient maintenant aussi grands que moi. En marchant jusqu'à la fontaine, je passai mes doigts sur leurs pétales.

— J'ai une question, dis-je.

— *Je t'écoute...*

— Est-ce que tu sais comment je me suis retrouvée dans le Tartare ?

Il y eut un long silence, couvert par le gazouillis joyeux des oiseaux.

— *Je ne savais pas que tu étais allée dans le Tartare. C'est un endroit terrible...* finit par dire la voix.

— En effet, répondis-je en plongeant ma main dans

l'eau tiède et en regardant les nénuphars onduler. Est-ce que je vais finir par mourir si je vis dans les Enfers ?

— *Non. Pas si tu es plus forte que le mal qui y règne.*

— Mais si je deviens plus forte, je deviens aussi plus dangereuse !

— *Non. Plus tu seras forte, plus tu auras le contrôle.*

— Je veux rester dans l'Olympe. Mais je ne veux pas vivre loin de la nature. Cela m'est impossible...

— *Ne te préoccupe pas de cela pour l'instant. Concentre-toi sur le fait de retrouver tes souvenirs et réparer l'injustice qui t'a été infligée. Tu dois retrouver tes pouvoirs et apprendre qui tu es. Tu pourras alors savoir ce qui est bien ou mal, et prendre les bonnes décisions pour ton avenir.*

Je réfléchis un instant, profitant du calme pour organiser mes pensées et essayer d'y voir plus clair. La voix avait raison : l'urgence était de survivre aux épreuves et de découvrir qui m'avait envoyée au Tartare. Mais avais-je réellement besoin de récupérer mes souvenirs ?

— Que se passera-t-il si je reste dans l'ignorance ? Et si Hadès et Athéna avaient raison ?

— *Si tu ne découvres pas ton passé, alors tu resteras à jamais coupée d'une partie de toi-même. Ceux qui t'ont utilisée et ont cherché à vous faire du mal – à toi et à Hadès – auront gagné.*

La simple évocation que l'on ait voulu faire du mal à Hadès me mit hors de moi.

— Tu ne peux pas me dire ce qui s'est passé ? Qui sont mes ennemis ?

— *Pour le savoir, tu dois récupérer tes souvenirs. Si tu manges une autre graine, tu sauras où se trouve la rivière Léthé.*

. . .

Je me réveillai en me souvenant parfaitement de la conversation que j'avais eue dans mon rêve. Skop dormait toujours au bout du lit, et Hadès n'était toujours pas là.

— *Où es-tu ?* lui envoyai-je.

— Je suis là, répondit-il.

Je me redressai en sursaut. La voix n'était pas dans ma tête, elle venait de la pièce voisine. Je sautai hors du lit et le rejoignis, éclairée uniquement par la lumière tamisée des vignes rougeoyantes qui ornaient le plafond.

— Hadès ?

Il était assis dans un grand fauteuil, torse nu, et tenant un verre à la main.

— Ça va ?

— J'avais beaucoup de choses à éclaircir, dit-il d'une voix amère.

— Ce n'était pas toi, ne l'oublie pas, dis-je doucement en m'approchant de lui.

Il ne répondit pas, mais je sentis son corps se détendre alors que je m'installais sur ses genoux.

— Comment va Kérato ?

— Bien. Il faudra un certain temps avant qu'il ne redevienne comme avant. Les démons deviennent de plus en plus forts au fur et à mesure qu'ils vivent.

— Les minotaures sont des démons ?

— Non. Kérato est devenu un démon pour pouvoir vivre ici, m'apprit-il en posant sur moi son regard bienveillant, tandis que je passais mes bras autour de son cou. Est-ce que Hécate t'a dit ce qu'elle avait abandonné pour garder son âme ?

— Oui.

— Eh bien, Kérato, comme beaucoup d'autres ici, n'avaient pas assez à abandonner, et ils sont donc entièrement possédés par les Enfers.

— Ils ne te possèdent pas, murmurai-je. Ils possèdent l'obscurité que tu as en toi, mais tu es plus fort.

— *Nous* sommes plus forts, me corrigea-t-il en m'embrassant doucement.

Il marqua une pause et but une gorgée de son verre.

— Perséphone, reprit-il finalement, comme si cela lui coûtait. Zeus avait raison. Tu pourrais être beaucoup plus heureuse au-dessus de la terre. Tu es une déesse de la nature ; tu portes en toi la magie de la terre. Ce n'est pas un endroit pour toi, ici.

Je ressentis l'angoisse qu'il y avait en lui et m'empressai de l'apaiser.

— Je vais très bien. Et, de toute façon, j'ai décidé de ne penser à tout cela qu'après la fin des épreuves. Je ne peux pas tout gérer en même temps, or, l'urgence, pour le moment, c'est que je reste en vie.

En reprenant à mon compte les conseils que m'avait donnés la voix du jardin de l'Atlas, je me sentis coupable. Devais-je en parler à Hadès ? Je ne voulais pas lui mentir mais je savais aussi que ce serait un sujet délicat. Car Hadès voulait à tout prix que j'oublie mon passé quand la voix insistait pour que je le retrouve. Hadès risquait de ne pas apprécier que je sois attentive aux conseils de quelqu'un d'autre que lui...

Pourtant, l'expérience m'avait montré qu'Hadès ne prenait pas toujours les bonnes décisions. Ne m'avait-il pas ramenée à New York alors que c'était la pire chose à faire ? Il ne savait pas nécessairement ce qui était le mieux pour moi, et jusqu'à ce que je sache moi-même ce que je voulais, il valait mieux que je garde le silence.

— Tu as raison. Se concentrer sur les problèmes les plus immédiats est toujours une très bonne idée, déclarat-il avant de boire une autre gorgée de son verre. Je crois que la personne qui vous a envoyé dans le Tartare était un dieu de l'Olympe, m'annonça-t-il ensuite.

— Vraiment ?

— Oui. Personne d'autre qu'eux ne connaît Cronos.

— Mais peut-être était-ce quelqu'un qui ne connaît pas Cronos mais qui espérait simplement que je meure là-bas ? Après tout, le Tartare est déjà suffisamment horrible en soi, non ?

— Non... Il ne peut pas s'agir d'une coïncidence.

Je le regardai en penchant la tête sur le côté.

— Hadès, Cronos a-t-il quelque chose à voir avec ce qui s'est passé avant ?

— Je t'ai juré que je ne te parlerais jamais de ce qui s'est passé. S'il te plaît, cesse de me faire subir ton interrogatoire ! répondit-il fermement.

Je viens de toucher un point sensible...

— *Te* faire subir *mon* interrogatoire ? m'indignai-je. Je te rappelle que c'est moi la victime de tout ça !

Je détournai la tête et il me ramena vers lui en posant doucement sa main sur ma joue.

— Je sais. Je suis désolé. Laisse-moi me racheter, d'accord ?

Son regard devint plus intense et sa poitrine se gonfla, tandis qu'une vague de chaleur et l'odeur de bois fumé me submergèrent, ma colère laissant place à un désir incandescent.

— Il va falloir être convaincant..., marmonnai-je en souriant, juste avant que ses lèvres ne fondent sur les miennes.

DIX

PERSÉPHONE

— Je dois présider la cour aujourd'hui. J'ai plusieurs jours de retard ! déclara Hadès le lendemain matin, s'asseyant sur le bord du lit.

Je clignai des yeux et bâillai.

— En quoi est-ce que cela consiste ?

— Je juge les morts, marmonna-t-il.

Je tendis la main vers son dos musclé et, dès que ma paume toucha sa paume, une vigne dorée jaillit et rampa sur lui.

— Ça a l'air difficile...

— Certains jours sont pires que d'autres, répondit-il d'un ton vague. Tu devrais t'entraîner avec Hécate autant que tu peux aujourd'hui. Je te verrai à l'annonce de l'épreuve, ce soir.

Il commença à se lever, mais mes vignes s'enroulèrent rapidement autour de sa taille.

— Tu ne veux pas rester encore un peu avec moi ? murmurai-je en souriant.

Il se tourna vers moi, une lueur diabolique dans les yeux.

— Tu vas devoir devenir beaucoup plus forte que ça si tu veux réussir à me déplacer, déclara-t-il d'un air défiant.

— Je n'ai pas besoin de te déplacer physiquement, répondis-je. Tu oublies notre lien...

J'envoyai mon pouvoir à travers ma vigne, me repassant les images de la nuit que nous venions de passer. Instantanément, ses yeux se firent plus sombres et il se leva, se tenant face à moi, nu et magnifique.

— Tu as gagné..., sourit-il en me rejoignant sur le lit.

Dès qu'Hadès partit, après avoir fait apparaître des gaufres et du café sur la table de sa chambre pour mon petit déjeuner, je ressentis un manque que vint rapidement combler le lien qui m'unissait à lui, même à distance. C'était tellement agréable de ne jamais se sentir totalement seule ! J'allai bientôt ne plus pouvoir m'en passer, pas plus que de ces gaufres magiques, absolument délicieuses !

Hécate et Sam arrivèrent une demi-heure plus tard. Sam semblait si heureux et détendu par rapport à la veille, que je fus presque inquiète et regardai Hécate avec méfiance.

— Qu'est-ce que tu lui as donné ?

Elle haussa les épaules, et Sam répondit à sa place.

— Juste un café, je t'assure ! Nous avons parlé toute la nuit de l'Olympe. Ça a l'air génial ! Tu as déjà vu les arbres géants et les villes sous-marines ?

Décidément, son enthousiasme était suspect...

— Tu as bu combien de cafés ? lui demandai-je en arquant un sourcil.

— Un ou deux. Peut-être trois..., répondit-il d'un air gêné. Alors, quel est le programme, aujourd'hui ?

— Entraînement ! lança Hécate, la prochaine épreuve est annoncée ce soir ; nous n'avons pas de temps à perdre !

— Est-ce que je peux m'entraîner aussi ?

— Non ! répondîmes Hécate et moi en chœur.

Sam soupira en baissant les épaules. En le voyant si dépité, une idée me vint à l'esprit.

— Skop, est-ce que tu peux parler à Sam dans sa tête ?

Le kobalos ne me répondit pas, mais le visage de Sam s'illumina d'un seul coup tandis qu'il regardait le chien.

— Bon... Je vais prendre ça pour un oui ! souris-je. Sam, tu peux t'entraîner à lui répondre, si tu veux ? Tu dois projeter tes pensées sur lui, en restant très concentré.

— Tu peux parler à ton chien en pensée ? Cet endroit est complètement fou, fit Sam en secouant la tête avec incrédulité.

— En fait, ce n'est pas un chien, dit Hécate. C'est un kobalos – une sorte de lutin capable de prendre n'importe quelle forme.

Sam regarda Skop avec étonnement.

— Pourquoi as-tu choisi d'être un chien ? lui demanda-t-il.

Avant de répondre, Skop reprit son apparence d'origine, le petit chien poilu et mignon laissant place à un gnome affreux et tout nu. Sam le fixait, bouche bée.

— Parce que je ne portais pas de vêtements et que ta sœur n'aimait pas ça, répondit Skop en pointant ses deux mains sur ses parties génitales.

— Mouais... En même temps, je la comprends ! rit Hécate.

Skop m'adressa un sourire sous sa barbe avant de reprendre son apparence de chien.

— Il y a un cocktail, ce soir, pour l'annonce, m'apprit Hécate.

— Super ! soupirai-je en levant les yeux au ciel.

Poséidon va pouvoir me reluquer autant qu'il le souhaite, et Zeus se pavaner comme un connard...

— Tu as tellement bien fait de refuser sa proposition, dit Hécate. J'avais envie de tourner le plat de flammes vers lui pour que tout le monde sache à quel point il t'a tentée et comme cela a dû être difficile de refuser !

— Qu'avez-vous vu exactement, pendant l'épreuve de loyauté ? demandai-je, suspicieuse.

— Nous l'avons vu venir vers toi, puis nous t'avons vue lui dire « non ». Pourquoi ?

— Ce n'est pas ce qui s'est passé, dis-je doucement. Il n'a pas essayé de coucher avec moi, mais il a tout fait pour que je tombe sous son charme. Il a sorti le grand jeu pour que je renonce à vivre avec Hadès si je gagnais les épreuves.

— Vraiment ?

— Oui... Il m'a dit que je pourrais gouverner le nouveau royaume si je quittais Hadès.

— Putain... Quel connard, laissa échapper Hécate.

— Je sais... Mais je lui ai dit que je préférais perdre mon âme plutôt que de quitter Hadès. Et puis je lui ai dit d'aller se faire foutre et de nous laisser tranquilles, qu'ensemble, nous serions beaucoup plus que lui si jamais il nous cherchait un peu trop !

Hécate siffla d'admiration, tandis que mon frère me regardait avec les yeux écarquillés.

— Pas étonnant qu'ils n'aient pas diffusé ces images ! rit-elle. Tu as assuré, meuf !

Je souris, flattée d'être admirée par elle.

— Bon... Je dois aussi dire qu'il a menacé de me tuer si j'osais encore le défier. Je ne suis pas sûre de m'être fait un ami !

~

Je passai la majeure partie de la journée à m'entraîner avec Hécate. Je travaillai le maniement du poignard, le combat rapproché, mais également le contrôle de mes vignes. Hécate avait installé des cibles de tir à l'arc sur de hauts supports autour de la pièce, et me demanda de lancer mes vignes au centre de chaque cible. Je contrôlais désormais mieux la trajectoire de mes vignes, et je savais aussi les utiliser pour soulever et lancer des objets.

Je me sentais éreintée, au bout de mes forces. Peut-être devrais-je manger une autre graine ? En fait, plus je m'entraînais longtemps, et plus je ressentais le besoin d'avoir de la puissance. Quand je ratais une cible, ou lorsque mes vignes ne parvenaient pas à percer ou soulever un objet, je me sentais frustrée, comme limitée. La rage que je ressentais alors me faisait presque peur. Car je réalisai que le pouvoir était en train de me corrompre. Plus j'en avais, et plus j'en voulais...

Mais je savais aussi que ce n'était pas uniquement une question de corruption ou d'avidité. Je *devais* être plus puissante si je voulais survivre aux épreuves. Zeus et Poséidon me détestaient ; or, c'étaient eux qui étaient aux commandes. Ils n'allaient pas me faciliter la tâche, je le savais. Non seulement ma vie était en jeu, mais je ne pouvais pas supporter l'idée qu'Hadès épouse une autre femme.

À l'exception d'une pause rapide pour le déjeuner, nous nous arrêtâmes tard en fin de journée, juste à temps pour pouvoir nous préparer pour l'annonce de ma prochaine épreuve. Je ne savais pas exactement ce qui allait se passer et redoutais cette soirée. J'étais surtout inquiète pour mon frère, mais Hécate me promit de veiller sur lui.

— Ne le quitte pas des yeux ! lui recommandai-je avec fermeté. Car je sais que beaucoup vont essayer de l'utiliser contre moi. »

— Je sais, Persy. Tout ira bien, ne t'inquiète pas.

Nous étions dans les appartements d'Hadès, et Sam était en train de discuter avec Skop par la pensée – comme il l'avait appris –, éclatant de rire régulièrement.

— Et si tu pouvais aussi lui trouver une tenue plus adaptée...

— Pas de problème ! Je vais bien m'occuper de lui. Je te le promets.

— Merci, Hécate !

— Je t'en prie ! Et puis, il est plutôt sympa ton frère, tu sais. Il est comme toi au début : émerveillé par tout ce qu'il voit. En revanche, ne te vexe pas mais je le trouve beaucoup plus attirant que toi ! me lança-t-elle avec un clin d'œil. J'ai hâte qu'il voie un minotaure ! ajouta-t-elle, les yeux brillants.

Je pris note de surveiller de près mon frère et Hécate...

Lorsqu'Hécate me laissa seule – me disant qu'elle reviendrait me chercher dans une heure – j'entrai dans le dressing de la chambre d'Hadès avec appréhension. Il m'avait dit qu'il avait conservé toutes mes anciennes tenues, mais j'avais un peu peur de ce que j'allais découvrir.

La pièce était immense. On y entrait par des portes coulissantes à galandage, les trois murs restants étant entièrement bordés de placards sans porte. Le placard en face de moi, qui appartenait visiblement à Hadès, était rempli de vêtements noirs, de jeans, de chemises, et de toges. Les deux autres contenaient mes tenues, toutes plus colorées les unes que les autres. Je fis courir mes doigts sur les rangées de robes, émerveillée par leur nombre hallucinant. Il y avait tous les tissus possibles et imaginables : soie, organza, satin, velours, coton..., c'était magnifique ! Sans parler des centaines de paires de chaussures à talons hauts, toutes absolument sublimes et soigneusement alignées sur les étagères du bas.

Je fermai les yeux, décidant de choisir la robe que je porterais au hasard. J'arrêtai ma main sur un tissu doux et léger. J'ouvris les yeux, et découvris avec plaisir que le hasard avait bien fait les choses... C'était une robe à col roulé et sans manches. Le haut était entièrement en dentelle noire délicatement travaillée, avec des motifs en forme de fleurs. Quant au bas, il était fait de plusieurs couches d'un tissu léger comme une plume, dont le dégradé de bleu – plus foncé en bas qu'en haut – rappelait les reflets de l'océan, et dont le volume contrastait magnifiquement avec le haut près du corps.

J'avais tellement hâte d'enfiler la robe que je ne restai pas longtemps sous la douche. En sortant de la salle de bain, je retournai dans le dressing où des tiroirs étaient remplis de sous-vêtements en dentelle. Je choisis un ensemble couleur chair, adapté au haut transparent du buste, et enfilai la robe.

Je ne fus pas déçue du résultat... Elle m'allait comme un gant ! C'était peut-être la première fois de ma vie que je me trouvais réellement jolie. En tournant sur moi-même devant le miroir, admirant mes longs cheveux blancs tombant sur la dentelle noire, je me reconnus à peine. C'était tellement agréable d'aimer son image... Une douce chaleur me réchauffa le cœur. Je me sentais bien – d'autant plus que je n'étais plus seule. Hadès était là, avec moi, lié à moi. Il m'aimait, je le savais. Quant à moi, j'aimais un dieu, et cela était aussi fou que délicieux.

Lorsqu'Hécate revint me chercher – divinement belle dans une longue robe moulante en similicuir blanc et encore plus de bijoux en argent que d'habitude – je me sentais prête à affronter les dieux et tous leurs invités. Y compris ce connard de Zeus. J'étais même impatiente de savoir ce qui m'attendait pour la suite, pressée que la compétition soit enfin terminée.

Sam portait une toge noire et, bien que je sois sa sœur, je le trouvai extrêmement séduisant. Le col en V laissait entrevoir quelques poils de sa poitrine, ce qui lui donnait un air plus mature que d'habitude.

— Qu'est-ce que tu en penses ? me demanda-t-il avec un large sourire, en écartant les bras.

— Tiens-toi à l'écart de tous ceux à qui Skop te demande de parler, lui dis-je d'un ton sérieux, éludant sa question. C'est un pervers et une vraie peste !

— D'accord ! répondit Sam en se frottant les mains.

— Je suis sérieuse, Sam ! insistai-je. Ne t'approche pas des dieux. Reste avec Hécate, c'est compris ?

Il jeta un coup d'œil en coin à Hécate, et je surpris son regard s'attarder sur la longue fente de sa robe qui découvrait sa jambe longiligne.

— Compris ! murmura-t-il, totalement subjugué.

Génial ! Mon frère avait le béguin pour une déesse célibataire de l'au-delà... Je craignais le pire...

— Tu es prête ? me lança Hécate.

J'acquiesçai, décidant que je devais avoir une discussion avec mon frère plus tard.

ONZE

PERSÉPHONE

L'annonce avait lieu dans la salle du trône d'Hadès. En voyant le visage de Sam, quand il vit les immenses flammes colorées qui bordaient la pièce, je me demandai de quoi j'avais eu l'air lorsque je les découvris moi-même pour la première fois...

— Putain, Persy ! Je n'arrive pas à croire que tout ça soit réel, souffla-t-il en regardant autour de lui.

Les invités n'étaient pas encore arrivés, à l'exception d'un petit groupe de grandes femmes dont la peau ressemblait à de l'écorce et qui minaudaient autour d'un homme plutôt séduisant que je reconnus comme étant Thésée, ainsi que sept ou huit gardes minotaures qui encerclaient la pièce flottante. Je cherchai Kérato du regard ; il était près de l'estrade du trône.

— Reste ici, murmurai-je à Sam.

Puis je me dirigeai vers le capitaine de la garde.

— Je suis ravie de te voir, Kérato, lui dis-je lorsque je fus près de lui.

Il baissa son regard impassible sur moi.

— Je le suis tout autant, Votre Altesse.

— Merci d'avoir essayé de m'aider lors de la dernière épreuve. Je suis désolée que tu aies été...

Je m'interrompis, essayant de trouver le mot juste.

— Tué ? proposa-t-il, toujours sans aucune expression particulière. Ne vous inquiétez pas. Je n'ai fait que mon devoir... Dans une centaine d'années, je serai aussi fort qu'avant.

Je le regardai, bouche bée.

— Cent ans ?!

— Oui.

— C'est... C'est très long !

— Non, cent ans, ce n'est pas long, Votre Altesse, me rassura-t-il. Et Anchiale est très forte ; ça aurait pu être pire.

J'étais abasourdie. Comment ne pas trouver que cent ans est une éternité ? Je réalisai soudain ce qu'impliquait d'être immortelle. Je l'avais déjà réalisé partiellement lorsqu'Hadès m'avait dit que nous n'étions mariés « que » depuis quatre ans – ce qui avait eu l'air de lui paraître très court, mais je comprenais maintenant que ma vie n'aurait bientôt jamais de fin... C'était vertigineux ! Surtout, je me posai à nouveau la question qui me hantait depuis l'épreuve de loyauté : préférais-je vivre loin de l'homme que j'aimais, ou perdre mon âme en restant avec lui ?

Je chassai cette pensée ; ce n'était pas le moment d'y réfléchir.

— Eh bien, je te suis très reconnaissant. Tu fais honneur au royaume de la Vierge et à l'Hadès, dis-je au minotaure.

Peut-être outrepassai-je mon rôle en le remerciant comme si j'étais déjà une reine, mais les mots sortirent tous seuls de ma bouche.

Aussitôt, le regard de Kérato s'illumina et, pour la première fois, il me parla avec une voix chaleureuse.

— J'espère sincèrement que vous allez gagner, Votre Altesse.

— Je vais tout faire pour, lui promis-je avec un sourire reconnaissant.

Petit à petit, la pièce se remplit, avec des flashes de lumière qui nous aveuglaient parfois. Le brouhaha s'intensifiait de plus en plus, le champagne coulait à flots, et Sam était ébahie par tout ce qu'il voyait.

— Pouvez-vous tous vous déplacer comme ça ? demanda-t-il à Hécate.

— Non, seuls les dieux puissants peuvent le faire. Tous ont reçu une invitation qui leur permet de se téléporter ici et de participer à cette soirée, organisée par un Olympien.

— Et... toi, tu es puissante ? lui lança-t-il d'une voix chaude, avec les yeux plissés et un sourire en coin.

Il était définitivement en train de la draguer, ce qui n'avait pas l'air de déplaire à Hécate...

— Tu vas devoir attendre pour le découvrir, lui rétorqua-t-elle sur le même ton.

Par tous les dieux ! pensai-je en levant les yeux au ciel.

— *Je rêve ou ton frère a le béguin pour Hécate ?* demanda Skop dans ma tête.

— *Malheureusement, j'ai l'impression que tu ne rêves pas... Si tu pouvais lui dire qu'elle doit rester célibataire et que lui ne peut pas vivre dans l'Olympe, je t'en serai très reconnaissante !* grommelai-je en retour.

— Wouah, c'est Poséidon ?

Je suivis le regard émerveillé de Sam et me tournai vers l'estrade. Poséidon était apparu avec son trident et sa toge aqueuse, et ses yeux bleus rencontrèrent immédiatement les miens.

— Oui, marmonnai-je. Et on dirait qu'il me déteste toujours autant...

En un éclair, je me retrouvai dans une bulle d'eau au parfum iodé, le dieu de la mer juste en face de moi.

Oh non ! Pas encore ! gémis-je intérieurement.

Je n'en pouvais plus de me faire engueuler par les dieux...

— Bonjour, dis-je d'un ton las en baissant la tête.

— Je n'ai pas beaucoup de temps avant que Zeus n'arrive, déclara Poséidon.

Je le regardai en arquant les sourcils. Il avait l'air de me reprocher de manquer de temps alors que je n'avais rien demandé... Décidément, il était subjuguant !

— Hadès est mon frère et je tiens plus à lui que tu ne le penses. Or, je vois bien qu'il est prêt à mettre notre monde en danger pour toi. Plutôt que de le combattre, j'ai décidé de t'aider. En combinant nos forces et notre vigilance, nous serons suffisamment forts pour éviter d'autres catastrophes. Nous ne devons à tout prix éviter que ce qui s'est passé lors de l'épreuve d'endurance ne se reproduise. Tu ne dois pas être à nouveau dans le Tartare.

— Hadès m'a dit que je ne devais jamais rencontrer Cronos, dis-je.

Cette fois, Poséidon parut surpris.

— Bon. Finalement, il vaut mieux que tu le saches. Maintenant, écoute-moi bien.

Il se pencha vers moi et ouvrit sa main fermée. Une perle brillante se trouvait au centre de sa paume.

— J'ai ensorcelé l'hippocampe avec lequel tu as fait équipe dans mon royaume ?

Il me tendit la main et je pris timidement la perle. Elle était chaude et vibrante d'énergie.

— Qu'est-ce que tu lui as fait ?

— Quand tu auras besoin de son aide, serre la perle dans ta main. Il apparaîtra sous la forme dont tu as le plus besoin. Mais attention : il ne peut pas rester trop longtemps à l'air libre. Tu n'auras donc que cinq minutes environ avant qu'il doive retourner sous l'eau, dans le Verseau.

— Bello est dans la perle ?

J'étais estomaquée et regardai tour à tour le dieu de la mer et la perle dans ma main en clignant des yeux.

— Oui. Utilise-le à bon escient ! me répondit rapidement Poséidon.

Puis la bulle d'eau autour de nous disparut et il se tourna vers mon frère.

— Tu es complètement fou d'être venu ici, humain, dit-il à Sam, avant de rejoindre son trône.

— Il est génial, souffla Sam.

Encore trop abasourdie pour répondre, je regardai fixement la perle. Je n'en revenais pas... Et si Poséidon me tendait un piège ? Il avait été si méfiant et méprisant à mon égard, j'avais du mal à croire que lui et les autres veuillent m'aider pour éviter que je crée d'autres dommages...

J'analysai rapidement la situation : si je mourais, Hadès abdiquerait devant le monstre qui était en lui et l'Olympe serait alors envahie par les morts. Si je survivais, je risquais d'être utilisée pour libérer le dieu le plus maléfique de toute l'Histoire, ce qui déclencherait une guerre sanglante. Poséidon était donc coincé entre le marteau et l'enclume.

La seule chose que je ne savais pas, c'était si les autres dieux savaient à quel point Hadès était proche de succomber à l'obscurité. Il m'avait déjà perdue une première fois, et les Enfers n'avaient fait que se renforcer.

Avaient-ils conscience que la bête à l'intérieur du roi des morts était devenue plus forte en mon absence ?

Je regardai la perle avec méfiance. Hadès m'avait prévenue : si je prenais trop de pouvoir, je risquais d'exploser. Aussi petite soit-elle, cette perle représentait donc un danger...

— *Tu es magnifique !*

La voix d'Hadès filtra dans mes pensées et je relevai la tête, le cherchant du regard. Il était sur son trône, sa forme enfumée vacillant contre les crânes.

— *Merci. Tu es... enfumé,* lui souris-je en retour.

— *Tu sais ce que j'aime le plus dans cette robe ?*

Sa voix était ronronnante.

— *Non ?*

— *L'idée que je vais te l'enlever, tout à l'heure.*

La chaleur me submergea et je sentis mes joues me brûler.

— *Tu rougis...*

— *Pas du tout ! ... Tu as l'air d'avoir passé une bonne journée,* dis-je pour changer de sujet.

— *Parce que, pour la première fois depuis ce qui m'a semblé être des siècles, je savais que j'allais te retrouver...*

Son ton était doux, amoureux, et une vague de plaisir chaud s'empara de moi.

— *J'aimerais pouvoir t'embrasser tout de suite,* lui dis-je.

— *Quand tu seras ma reine, tu pourras m'embrasser quand tu le voudras...*

— *Alors je vais tout faire pour le devenir !*

— On dirait une robe faite par ma grand-mère ! ricana une voix derrière moi.

Je me retournai, m'attendant à voir Éris, la seule que je pensai capable d'être aussi grossière, mais c'était en fait Menthé. Comme le soir du bal masqué, elle était vêtue d'une robe rouge écarlate, qui lui donnait davantage l'air d'une hôtesse d'une boîte de nuit de Manhattan. Extrêmement courte et moulante, elle était découpée à la taille et avait un décolleté plongeant qui révélait sa poitrine généreuse. Avec ses cuissardes en cuir rouge, Menthé était – je devais bien l'admettre – incroyablement sublime.

Bouillant de colère face à son arrogance, je me répétais que je devais me détourner d'elle et éviter les conflits qui risquaient de me mettre dans une situation dangereuse. Mais c'était plus fort que moi ; je n'avais aucune envie de me laisser faire par cette fille. Peut-être portait-elle une tenue plus moderne que la mienne, mais c'était *ma* robe qu'Hadès avait envie d'enlever après la soirée...

— Ta grand-mère doit être très douée, alors, rétorquai-je en portant nonchalamment mon verre à mes lèvres.

— Qui est-ce ? me chuchota Sam à l'oreille, par-dessus mon épaule.

Je serrai les dents, agacée, et baissai mon verre pour me tourner vers lui.

— C'est Menthé, marmonnai-je.

— Enchanté, Menthé ! rayonna-t-il en lui tendant la main. Je suis Sam !

— Tu es un humain..., ricana-t-elle en regardant sa main avec dédain, comme si elle était tout droit sortie de l'antre de l'Empusa.

— Tu es mal élevée, lui renvoya-t-il, me faisant éclater de rire.

— Menthé est l'actuelle gagnante des Épreuves. Autant dire que ce n'est pas ma plus grande fan..., expliquai-je à mon frère.

— Oh... Donc tu veux remporter la compétition ? lui demanda-t-il. Je pensais que vous étiez obligées de concourir...

Elle le regarda avec incrédulité.

— « Obligées de concourir » ? Tu plaisantes ? La reine des Enfers est l'un des titres les plus convoités de l'Olympe. Toutes les femmes ici seraient prêtes à mourir pour l'obtenir ; ce qui est assez ironique d'ailleurs...

— Menthé concourt pour l'immortalité, dis-je à Sam.

— Parce-que toi tu concours par amour, peut-être ? ricana-t-elle. Je t'en prie, Perséphone, pas à moi ! Tu n'étais qu'une petite humaine pathétique et minable qui est devenue célèbre ici uniquement par magie. Ne me fais pas croire que tu n'y as pas pris goût. Tu es comme nous toutes, et tu veux gagner exactement pour les mêmes raisons que moi et que toutes celles qui ont tenté la compétition !

— Tu ne sais rien de moi, grognai-je en serrant le pied de mon verre de toutes mes forces pour canaliser ma colère.

Je sentais mes vignes se tordre sous ma peau. Menthé n'avait rien à faire d'Hadès ; je savais que, si elle gagnait, elle le laisserait pourrir de l'intérieur pendant qu'elle se pâmerait d'être une reine immortelle.

— Tu es comme tout le monde. Tu n'as absolument rien de spécial, malgré ce que les gens disent de toi...

— Mal élevée et jalouse ! lança Sam en la regardant avec un large sourire désinvolte. Tu sais qu'Hadès est amoureux d'elle, qu'elle a des amis qui la soutiennent, et donc tu es jalouse...

Je le regardai avec stupéfaction. Personne n'avait jamais été jaloux de moi.

— Ferme ta gueule ou c'est moi qui vais te la fermer ! le menaça Menthé.

Aussitôt, mon verre se brisa dans ma main et une vigne noire jaillit de mon autre main. Mais Menthé ne parut pas impressionnée. Plongeant son regard défiant dans le mien, elle leva ses mains vers moi, la peau de ses paumes se colorant d'un brun terreux.

— Pourquoi n'irais-tu pas parler à quelqu'un d'autre, Menthé ? intervint Hécate, apparaissant de nulle part.

Elle s'était immiscée entre nous, sa lumière bleue crépitant tout autour d'elle. Visiblement hors d'elle mais consciente du danger, Menthé recula en me lançant un regard noir.

— Toi et chienne Titan êtes des monstres ! cracha-t-elle.

Puis elle s'éloigna, faisant claquer ses talons sur le sol.

— Je m'en serais sortie toute seule, tu sais, dis-je à Hécate avec un brin d'agacement.

En fait, je réalisai que j'aurais aimé pouvoir montrer à Menthé qu'elle n'était pas plus forte que moi.

— Je sais, me dit-elle calmement. Mais j'ai le droit de me comporter comme une garce ; pas toi. Toute cette soirée est diffusée dans toute l'Olympe...

— Oh... Alors, merci, m'excusai-je.

— Je t'en prie ! me fit-elle avec un clin d'œil. Et tu saignes, je te signale...

Je baissai les yeux, et découvris le sang sur ma main qui tenait toujours le verre brisé.

— Merde ! s'exclama Sam en me débarrassant rapidement du verre. C'est grave ? Laisse-moi regarder.

Je lui souris d'un air attendri.

— Tout va bien, regarde !

Je levai la main, me concentrant sur mon pouvoir de guérison. En un instant, la coupure se mit à briller et à disparaître. Lorsque ma peau fut à nouveau parfaitement lisse, Sam eut l'air émerveillé.

— C'est génial !

— N'est-ce pas ? répondis-je fièrement.

— Fais quand même attention de ne pas mettre de sang sur ta robe, me recommanda Hécate.

Aussitôt, un satyre tira sur ma jupe pour me signifier sa présence. Il tenait un plateau avec d'autres coupes et une serviette soigneusement pliée. Je le remerciai et m'essuyai la main.

— Je crois que je pourrais très vite m'habituer à vivre ici, déclara Sam alors que le satyre lui tendait une coupe.

— Tu devrais attendre de voir le revers de la médaille avant de changer de vie, lui dis-je d'un ton ironique.

Puis un gong retentit et le commentateur apparut dans un scintillement, tandis que Zeus se matérialisa sur son trône.

— Et j'ai l'impression que tu ne vas pas attendre longtemps avant de le découvrir, ajoutai-je entre mes dents.

Le moment était venu de découvrir quel serait mon prochain procès.

DOUZE

HADÈS

— Bonjour, Olympe ! gronda le commentateur.

Je quittai Perséphone des yeux. Je ressentais sa colère après son échange avec Menthé. Bien que je préférasse la voir heureuse, je ressentis une certaine satisfaction à la voir si agressive envers Menthé. Cela me prouvait que j'étais à elle, et qu'elle tenait à moi autant que je l'aimais. Car je l'aimais plus que tout. Je l'adorais, même. Menthé, cette nymphe des montagnes aussi creuse qu'une coquille vide, ne lui arrivait pas à la cheville et j'espérais de tout cœur que je n'aurais jamais à l'épouser.

— Il est maintenant temps d'annoncer l'avant-dernière épreuve ! ajouta le commentateur.

Je sentis mon estomac se nouer, et la tension de Perséphone que je ressentais ne faisait qu'aggraver mon anxiété.

— Dès demain, Perséphone affrontera l'un des démons les plus impressionnants et les plus terrifiants des Enfers ! Un démon avide de mort et de destruction !

Mon pouls s'accéléra. Je savais que cette épreuve

consistait en un combat contre l'un des démons de mon royaume, mais je priai intérieurement pour que Perséphone ne soit pas confrontée à certains dont je savais qu'ils étaient plus forts qu'elle. J'allais devoir renforcer mon contrôle sur les pires de mes sujets pendant toute la durée de l'épreuve pour ne pas laisser à Zeus le loisir de faire ce qu'il voulait d'eux et les utiliser contre Perséphone.

Malheureusement, il m'était impossible de deviner quel démon avait été choisi. Les profondeurs de la Vierge abritaient les pires créatures qui n'aient jamais existé, dont certaines étaient même inconnues des Olympiens. Beaucoup étaient trop dangereuses pour que j'abandonne mon contrôle sur elles, comme les Furies, et d'autres étaient trop fortes et déterminées pour être impliqués dans ces épreuves, comme Nyx. Mais, même sans elles, Zeus avait encore le choix entre plusieurs monstres dont je savais qu'ils prendraient un malin plaisir à déchiqueter une humaine – car c'était des morts qu'ils retiraient leur pouvoir.

Le commentateur reprit la parole.

— Cette fois, Perséphone devra entrer dans l'antre d'Eurynomos !

Un bourdonnement s'éleva parmi la foule jubilante. Perséphone me regarda, paniquée. Elle était aussi pâle que j'étais tendu. Eurynomos était l'incarnation de tous les cadavres en décomposition et l'un des pires démons des Enfers.

Avant que je puisse dire quoique ce soit à Perséphone pour la réconforter, Zeus se leva.

— À demain ! déclara-t-il en agitant la main.

La pièce se vida en un éclair et je sentis la rage brûler dans mes veines.

— Je t'ai demandé d'arrêter de faire ça dans mon royaume ! sifflai-je.

— Et je t'ai répondu que je n'étais pas d'accord ! Tu as interdiction de communiquer avec Perséphone avant son épreuve !

— Quoi ?! m'exclamai-je en bondissant sur mes pieds.

Il était hors de question que je me sépare d'elle. C'était absolument impossible.

— Eurynomos est sous ton contrôle depuis des siècles. Je ne veux pas que tu puisses dire quoi que ce soit sur lui à Perséphone ; cela serait déloyal envers les autres candidates.

— Je ne lui dirai rien, marmonnai-je.

— Je sais. Parce que tu ne le pourras pas...

— Zeus, commençai-je, sentant un bourdonnement dans mes oreilles et les ténèbres se répandre dans mon cœur.

Il n'avait pas le droit de m'éloigner d'elle !

— Hadès, c'est seulement pour une nuit. Et Zeus a raison : tu ne peux pas nier que tes informations lui donneraient un avantage. C'est une décision juste, dit Athéna en se levant. Elle sera protégée et en sécurité jusqu'à demain, me rassura-t-elle.

— Je suis le seul à pouvoir la protéger !

— Faux ! dit Zeus.

Mais Athéna le coupa.

— Tu pourras garder la porte de sa chambre si tu le souhaites. Mais tu ne pourras pas lui parler.

J'étais pris entre la raison et la rage que je ressentais. De toute façon, s'ils étaient tous d'accord, c'était une bataille perdue d'avance et je n'avais d'autre choix que d'abdiquer. Mais peut-être pouvais-je aboutir à un compromis...

— Dans ce cas, j'aurais une condition, dis-je avec fermeté.

— Tu n'es pas en position d'imposer quoi que ce soit, trancha Zeus d'une voix traînante.

Mais Athéna inclina la tête vers moi, visiblement encline à m'écouter.

— Et quelle serait ta condition ?

— Laissez son frère en dehors de l'épreuve. Il n'a rien à voir avec tout ça ; ce serait trop dangereux pour lui…

Zeus leva les yeux au ciel, mais Athéna me répondit d'une voix douce.

— Tu promets que tu n'essaieras pas de lui parler ?

— Je le promets.

— Alors très bien !

— Tu le gâtes, ma fille, dit Zeus à Athéna.

Puis il disparut dans un éclair violet, me laissant seul avec Athéna qui m'adressa un regard compatissant.

— Tu as de la chance que je sois sa préférée, sourit-elle, avant de disparaître à son tour.

Les autres dieux quittèrent la pièce également, et il n'y eut bientôt plus sur l'estrade que mon trône formé de crânes. Je m'avançai vers lui, ma taille toujours décuplée par la colère.

Zeus paierait pour ce qu'il venait de lui faire. *De nous faire !* Je ne savais pas encore comment, mais il paierait…

— Puis-je me permettre de te dire un mot, Hadès ?

Poséidon s'approcha de mon trône, et je hochai la tête, la surprise prenant le pas sur ma colère.

— Qu'est-ce que tu veux ?

— Mon frère, je suis inquiet. Quelqu'un a délibérément envoyé Perséphone dans le Tartare. Or, très peu sont ceux qui en connaissent les véritables conséquences.

— Si tu es en train de me demander de la renvoyer à nouveau, il en est hors de question !

— Au contraire. J'ai décidé qu'elle serait plus en sécurité là où nous pouvons la voir et la contrôler.

— La contrôler ?

Je me méfiai instantanément de Poséidon, le désir de protéger Perséphone éveillant tous mes sens.

— Tu vois ce que je veux dire, dit-il d'un ton dédaigneux. Je crois que le coupable est plus proche de nous que nous ne le pensions...

— Tu penses que c'est un Olympien, dis-je sèchement, d'un ton qui n'était en réalité pas une question.

— Oui ! Et puisque, de toute évidence, tu es toujours amoureux d'elle, tu es le seul que je peux exclure. D'où cette conversation.

— Qui suspectes-tu ?

Si le dieu de la mer était d'humeur à parler, alors je devais en profiter pour obtenir toutes les informations que je voulais. J'aborderai la question du contrôle de Perséphone plus tard.

— Arès n'a pas fait la guerre depuis un moment. Héra porte en elle une colère plus meurtrière que n'importe lequel d'entre nous. L'ennui d'Aphrodite n'a pas de limites. Athéna est capable d'imaginer des choses folles. Quant à Dionysos, il agit de manière étrange depuis des semaines...

— Et Zeus ?

— Non, ça ne peut pas être lui. Il est celui qui a le plus à perdre.

— Ou le plus à prouver, répliquai-je. Et il est aussi celui qui a le plus de haine envers moi.

— Tu te trompes, mon frère, il ne te déteste pas.

— Parce que tu trouves que me forcer à me marier contre mon gré, et exposer mon royaume au monde est un acte d'amour ? lui demandai-je avec sarcasme.

— Quand les Olympiens découvriront que c'est toi qui as créé un nouveau royaume, contre la volonté de Zeus, et que le roi des dieux est incapable de le faire disparaître, ils perdront tout respect pour lui. Tu sais qu'il ne peut pas tolérer ça. C'est toi qui t'es mis dans cette situation, Hadès !

Je poussai un soupir, à court d'arguments.

— Et si c'était Océanos ? dis-je finalement. Peut-être veut-il se venger ?

Poséidon fronça les sourcils.

— Océanos est ton ami et mon mentor. Agir ainsi ne serait pas dans son intérêt.

— Tu as raison, dis-je, me sentant coupable d'avoir douté de lui.

Océanos était un Titan, et largement assez puissant pour être le coupable, mais il n'avait jamais été malveillant. Et je savais mieux que quiconque qu'il ne fallait pas juger les Titans en fonction de ce que leurs ancêtres étaient des monstres.

— Et... Si Zeus est celui qui a le plus à perdre, peut-être que le coupable est quelqu'un qui souhaite justement se venger de lui ? Après tout, Perséphone n'est peut-être qu'une victime collatérale ? suggérai-je.

— Cela place Héra en tête de liste, marmonna Poséidon. Je n'ai jamais compris pourquoi elle l'a épousé...

— Il est aussi charmant que volage ! admis-je. Mais, au fait, comment puis-je être certain que ce n'est pas toi et que cette conversation n'est qu'une ruse pour me faire croire à ton innocence ?

Je le regardai droit dans les yeux, méfiant, et Poséidon rit doucement.

— Mon frère, sois assuré que je ne te veux aucun mal. Certes, je redoute ce que la femme que tu aimes pourrait faire comme dommages à l'Olympe, mais je sais me tenir et faire la part des choses ! Je veux l'aider à gagner, et obtenir de toi quelque chose en retour.

— Quoi ?

— Si elle survit, qu'elle remporte les épreuves, et récupère ses pouvoirs…, laisse-la vivre ailleurs.

La colère me consuma comme une traînée de poudre.

— Non ! dis-je immédiatement.

Le visage de Poséidon s'assombrit, une tempête se formant dans ses iris.

— Hadès, elle ne peut pas rester si près du Tartare et tu le sais ! Plus son âme va se détériorer, plus elle va devenir ingérable. Et tu n'y pourras rien. Ni toi, ni qui que ce soit d'autre.

— Je ne cherche pas à la contrôler !

— Donc, ce que tu es en train de me dire, c'est que tu veux laisser libre l'être le plus puissant et le plus maléfique que l'Olympe ait jamais connu ?

— Bien sûr que non mais…

Il m'interrompit avant que je puisse finir.

— Alors fais le bon choix, Hadès. Elle serait plus heureuse ailleurs qu'ici.

Je me sentais de plus en plus mal à l'aise, le malaise se répandit dans mes tripes, le fait de savoir qu'il avait raison était pire que la colère qui bouillonnait en moi.

— Elle peut survivre aux épreuves sans ton aide, lâchai-je finalement avec amertume.

— Tu fais une erreur…

— Cette conversation est terminée !

Il me regarda longuement dans les yeux, avant que l'odeur salée de l'océan n'envahisse la pièce et qu'il disparaisse. Une fois seul, je fermai les yeux, cherchant en moi les restes de la lumière de Perséphone – la barrière qu'elle avait contribué à renforcer avec ses vignes dorées. Je m'enivrai d'elle et, lentement, le monstre en moi se calma, retournant se terrer dans ses profondeurs toxiques.

Elle avait déjà remporté de nombreuses épreuves qui auraient dû la tuer. Il n'en restait maintenant plus que deux. Ce cauchemar serait bientôt terminé – quelle qu'en soit l'issue.

Car, plus le temps passait, et plus je redoutais la fin. Je n'arrivais plus à imaginer qu'elle serait heureuse. Pourtant si elle mourait... L'idée de la perdre était insupportable. Chaque fois que je l'envisageais, la bête ressuscitait à l'intérieur de moi. Malheureusement, les autres perspectives n'étaient guère plus réjouissantes : si elle survivait mais perdait les épreuves, je serais incapable d'épouser Menthé. Et si elle triomphait...

Pourrais-je vraiment la laisser abandonner son âme pour vivre avec moi dans les ténèbres ?

TREIZE

PERSÉPHONE

— Pourquoi ne puis-je pas voir Hadès ?

— Nous avons estimé qu'il risquerait de te communiquer des informations qui t'aideraient pour l'épreuve, et que cela était déloyal, m'expliqua Athéna.

Nous étions dans mon ancienne chambre et elle me regardait d'un air serein.

— Mais je mérite d'être avantagée ! m'offusquai-je. Vous ne dites vraiment que des conneries ! hurlai-je.

Athéna leva une main vers moi et je sentis mes genoux défaillir, me forçant à m'incliner devant elle.

— N'oublie pas à qui tu t'adresses, Perséphone.

— Je suis désolée, balbutiai-je, le cœur battant.

— Tenir tête à Zeus comme tu l'as fait n'était pas seulement courageux, c'était stupide. Dans n'importe quelle autre circonstance, il t'aurait tuée sur le champ. Mais ne pense surtout pas que tu peux traiter tous les dieux de cette manière, me dit-elle d'une voix presque métallique.

J'essayai de lever la tête pour la regarder.

— J'apprends encore vos coutumes, plaidai-je.

Et puis Zeus est un connard qui mérite amplement ce que je lui ai dit, pensai-je.

Athéna me regarda un moment, puis se détendit. Aussitôt, je retrouvai la possession de mes genoux et pus me relever.

— Puis-je voir Hécate et mon frère ?

— Non. Hécate en sait autant qu'Hadès sur les habitants de ce royaume.

Je réprimai ma colère, comprenant que je n'avais d'autre choix que d'accepter les conditions qui m'étaient imposées. *Au moins j'ai Skop,* pensai-je en regardant le petit chien silencieux.

— Repose-toi bien. Tu dois être en forme pour demain, me conseilla Athéna.

— Je suppose que tu ne peux rien me dire sur ce qui m'attend ? m'aventurai-je.

— Non. Je ne peux pas. Bonne nuit, Perséphone.

La déesse de la sagesse disparut sans me laisser le temps de répondre, et je soupirai en m'effondrant sur mon lit. Il me parut tout petit maintenant, comparé à celui d'Hadès.

En pensant à lui, je ressentis de la colère et de la frustration. Nous devions nous retrouver ce soir – il me l'avait dit. Pourquoi nous empêchait-on de nous voir ?

— Tous des connards ! grommelai-je en tapant du pied contre le lit.

— *Sauf Dionysos,* me corrigea Skop.

— Tu dis ça parce que tu travailles pour lui.

— *Ça n'est pas pour ça que je suis obligé de l'apprécier. Mais, vraiment, je le trouve sympa...*

— Je dirais plutôt qu'il est cruel, malveillant, et égoïste ! protestai-je.

Skop soupira.

— *Peut-être... Mais bon, à sa décharge, tu ne peux pas avoir un pouvoir presque illimité, une vie éternelle, et ne pas penser que tu es meilleur que tout le monde. Ou devenir un peu fou...*

— Alors pourquoi est-ce que tu l'aimes ?

— *Parce qu'il a plus de qualités que de défauts. Et puis toi et moi n'avons pas tout à fait la même conception de ce qu'est un défaut,* ajouta-t-il en remuant la queue.

— Ça c'est certain ! dis-je avec ironie.

Puis je me levai et me mis à faire les cent pas. J'étais si nerveuse que je sentais ma peau pétiller, et l'idée d'attendre jusqu'à demain pour voir Hadès me mettait hors de moi, ce que ne faisait qu'empirer la perspective de l'épreuve.

— Qu'est-ce que tu sais sur Eurynomos ? demandai-je à Skop.

— *Seulement ce que t'a dit Hécate : c'est le démon des cadavres en décomposition.*

— Merde ! J'espérais avoir mal compris, soupirai-je en passant mes mains dans mes cheveux. Peut-être que je pourrais bloquer l'odeur, comme je l'ai fait dans l'antre de l'Empusa ?

— *Bonne idée. C'est vrai que l'odeur de cadavres en décomposition risque de te perturber...*

Je sentis mon estomac se soulever tandis que j'imaginai ce à quoi j'allais être confrontée.

— *Tu sais ce qui te serait encore plus utile que de bloquer l'odeur ?* dit Skop.

Je le regardai en haussant les sourcils d'un air interrogateur.

— Quoi ?

— *Manger une autre graine et acquérir davantage de pouvoirs.*

Je m'arrêtai un instant de marcher.

Je savais qu'il avait raison. Il restait deux épreuves, et elles s'annonçaient plus difficiles encore que les précédentes. J'hésitai... Devais-je prendre le risque de devenir dangereuse en acquérant plus de pouvoir, ou prendre celui de mourir ? Mon instinct de survie prit le dessus. *Si tu ne manges pas une autre graine*, me dit ma petite voix intérieure, *non seulement tu risques de mourir, mais si tu survis et que tu perds, tu devras regarder Hadès épouser Menthé.*

Je devais gagner !

Je me dirigeai vers ma commode, où se trouvait la boîte de graines. Il apparaissait comme par magie partout où je me trouvais, avec Faesforos et le vieux sac à main avec lequel j'étais arrivée à l'Olympe. Je pris une profonde inspiration et ouvris le couvercle de la boîte.

Un tout petit peu plus de puissance. Juste assez pour battre Eurynomos et remporter la dernière épreuve, priai-je intérieurement. *Et peut-être aussi pour trouver la rivière Léthé, comme me l'a suggéré l'inconnu du jardin de l'Atlas.*

Mais je chassai cette dernière pensée. Pour le moment, je devais me concentrer sur les épreuves.

Je pris une graine brillante et humide, luttant contre ma peur de ce qui allait se produire. Allais-je avoir un peu plus de force, ou carrément de nouveaux pouvoirs ?

Sans réfléchir plus longuement, je mis la graine dans ma bouche et l'avalai.

Contrairement aux fois précédentes, je ressentis quelque chose tout de suite mais ce n'était pas ce que j'avais espéré. C'était une grosse fatigue. Au bout de quelques minutes, je fus forcée d'aller m'allonger : mes paupières tombaient d'elles-mêmes et mes jambes me soutenaient à peine. Dès que je posai la tête sur mon oreiller, je sombrai dans un sommeil profond, et ne fis aucun rêve.

Le lendemain matin, je me réveillai en sursaut lorsque Skop prit ma main dans sa bouche humide et la secoua.

— Que s'est-il passé ? criai-je en m'asseyant rapidement.

— *Tu as dormi profondément. J'avais presque l'impression que tu étais morte et j'ai surveillé ta respiration toute la nuit,* me répondit-il.

Je retirai doucement ma main de sa bouche.

— Merci, marmonnai-je en lui souriant.

— *Comment tu te sens ?*

— Bien, dis-je en balançant mes jambes hors du lit.

C'était vrai. Mon esprit était plus clair et, même si je ressentais toujours une certaine appréhension, elle n'était pas aussi envahissante que la veille. Peut-être avais-je tout simplement besoin de bien dormir pour récupérer et m'éviter de paniquer ?

— Combien de temps avant l'épreuve ?

— *Une heure.*

— Okay. Je vais prendre une douche ! lançai-je en me précipitant dans la salle de bain.

Sous la douche, je m'entraînais à bloquer l'odeur du savon en me concentrant sur le parfum des fleurs. La lavande était ce qui fonctionnait mieux, car c'était l'une des odeurs de fleur les plus puissantes. Puis je fis jaillir mes vignes plusieurs fois, vérifiant leur couleur et testant ma dextérité. Je ne remarquai pas de différence particulière, à part peut-être une vigilance plus prononcée de ma part...

Vêtue de mon équipement de combat, Faesforos attaché à ma cuisse, la perle de Poséidon dans ma poche, et mes cheveux étroitement tressés en arrière, je me sentais prête à affronter l'épreuve. J'avais confiance en moi et en ma capacité à vaincre des démons. Pour la première fois, je me sentais comme une déesse.

J'étais la future femme d'un dieu pour lequel je voulais me battre.

Ce fut Ahténa qui vint me chercher, dans une toge immaculée. La présence de Hécate me manqua cruellement. Je réalisai seulement maintenant à quel point elle me réconfortait et me donnait confiance.

— Tu es différente, déclara Athéna en inclinant la tête sur le côté.

Je lui répondis en m'inclinant devant elle – je ne voulais plus provoquer sa colère.

— J'ai mangé une autre graine.

— C'est très sage de ta part.

— Merci. Venant de toi, cela me fait plaisir et me rassure, dis-je en me redressant.

Elle m'adressa un petit sourire.

— Es-tu prête ?

J'acquiesçai d'un signe de tête.

Hécate nous téléporta dans une caverne qui brillait du même rouge pâle que l'antre de l'Empusa, mais qui était beaucoup plus grande. Lentement, je me retournai pour regarder autour de moi. C'était complètement vide ; il n'y avait rien d'autre que de la roche du sol au plafond.

— Bonne chance, me dit doucement Athéna.

Puis elle disparut en un éclair et la voix du commentateur retentit immédiatement. Je ressentis une bouffée d'adrénaline me traverser : ça y est, j'y étais !

— Bonjour, Olympe ! Comme vous pouvez le voir, Perséphone est prête à commencer sa prochaine épreuve, dans l'antre d'Eurynomos !

Déplaçant ma main sur le côté, plus près de mon poignard, je réalisai que l'endroit ne ressemblait pas tout à fait à un antre... Où étaient les cadavres et toutes les choses horribles dont on m'avait parlé ?

— Je vous rappelle, chers citoyens, qu'il s'agit de son avant-dernière épreuve. Espérons que le spectacle sera à la hauteur de nos attentes !

Je serrai les dents. Cela ne suffisait-il pas à ces tarés de me voir combattre contre un démon ?

— Perséphone sera face à un choix, afin de tester sa moralité...

Je me figeai en reconnaissant la voix qui venait de parler.

C'était celle de Zeus.

— Je précise toutefois qu'il n'y aura pas de piège ni de surprises, ce qui est rare ! ajouta-t-il de sa voix séduisante qui résonna contre les murs. *Commençons !*

Aussitôt, une lumière violette crépita au-dessus de moi et je levai les yeux vers le plafond de la caverne alors que quelque chose commençait à apparaître, se matérialisant devant moi.

Ce n'était pas quelque chose. C'était *quelqu'un.*

Une femme émergeait du plafond rocheux, allongée face vers le sol. Elle portait une robe rouge qui pendait de son corps suspendu, et elle avait l'air d'être liée par des cordes. Ses cheveux pendaient également, masquant son visage.

Mais, même sans voir son visage, je savais qui elle était.

— Sortez-moi d'ici ! hurla Menthé.

— Perséphone, tonna la voix de Zeus. Nous avons maintenant le plaisir de te présenter Eurynomos, le démon des corps en décomposition !

Une lumière rouge se mit à onduler partout autour de moi, et des ombres commencèrent à se former sur les murs. Instinctivement, je saisis mon poignard, sentant mes vignes prêtes à sortir sous mes paumes. Menthé gémit et je levai les yeux vers elle : elle était retenue au plafond par un filet en corde, tandis que des doigts nécrosés sortant des parois rocheuses essayaient de l'attraper à travers les mailles.

— Il ne peut généralement prendre que la chair des morts, mais nous avons fait une exception pour aujourd'hui, m'informa Zeus.

Menthé hurla lorsqu'un doigt toucha son épaule nue. Sa peau pâle s'assombrit instantanément, comme si elle avait été brûlée.

— Arrêtez ! criai-je. C'est *mon* épreuve, pas la sienne !

— C'est vrai, déesse des fleurs... Il te faut deux graines supplémentaires pour gagner la compétition. Nous te proposons de te les donner maintenant si tu laisses Menthé à Eurynomos.

— Quoi ?

Je ne comprenais rien... Je pouvais réellement gagner aussi facilement ? Plus de tests, plus d'épreuves, plus de peur... Juste Hadès.

Mais...

Je levai à nouveau les yeux vers Menthé et l'image d'Ixion attaché à la roue en feu, dans le Tartare, me revint à l'esprit. Un autre doigt toucha Menthé, qui hurla à nouveau, me sortant de ma réflexion.

— Ce n'est pas juste ! cria-t-elle. J'ai passé mes épreuves ! J'ai fait mes preuves !

Elle avait raison.

— Si tu choisis de sauver Menthé, et que tu réussis, tu gagneras un jeton et devras donc gagner la dernière épreuve pour pouvoir épouser Hadès, reprit Zeus. Mais si tu choisis de la sauver et que tu échoues, tu perds les épreuves. Quel est ton choix, Perséphone ?

Je n'hésitai pas une seconde. Peut-être que ces tarés d'Olympiens tuaient pour obtenir ce qu'ils voulaient, mais je n'étais pas comme eux. Je ne pouvais pas vivre en me disant tous les jours que j'avais choisi de laisser mourir quelqu'un.

— Laissez-la vivre ! répondis-je d'une voix forte.

— J'espérais que tu dirais cela, dit Zeus avec un plaisir non dissimulé.

La caverne se mit à gronder et à trembler. Je hurlai, alors que le sol se fissura lentement, me faisant trébucher.

— *J'espérais, moi aussi, que tu dirais ça !* siffla une voix aiguë dans ma tête. *C'est tellement rare que des vivants viennent me rendre visite. Je suis très heureux !*

— Eurynomos ? criai-je à haute voix, alors que le sol craquait autour de moi.

— *C'est moi ! Maintenant, si tu veux sauver ta petite copine, tu vas devoir la libérer...*

Je levai les yeux vers Menthé attachée au plafond. Comment allais-je pouvoir monter là-haut ?

Tout à coup, la partie du sol sur laquelle je me tenais explosa et je tombai à genoux. Le sol était maintenant complètement morcelé, avec des parties rocheuses suspendues dans le vide à différentes hauteurs, chacune étant à peine assez large pour me permettre de tenir debout. Celle sur laquelle j'étais était l'une des plus basses, tandis que d'autres atteignaient presque le plafond. Je n'avais donc qu'une solution : sauter de pilier en pilier, jusqu'à ce que je sois assez haut pour couper le filet de corde qui retenait Menthé.

Mais c'était tellement haut... Et le vide était tellement profond. Je fus prise de vertige et maudis la cruauté des dieux. Ma peur du vide avait déjà été mise à l'épreuve ; pourquoi la tester à nouveau ?

Jetant un bref coup d'œil par-dessus le bord de mon pilier, je sentis mon pouls s'accélérer. Mon cœur battait si fort que j'étais sur le point de défaillir. Car je ne vis pas le gouffre obscur auquel je m'attendais ; ce que je vis était bien pire !

Des cadavres à tous les stades de décomposition surgissaient de l'obscurité, remplissant l'espace entre les piliers. Beaucoup étaient des squelettes comme celui que j'avais combattu au début des épreuves, avec des membres et des mâchoires résonnant de manière atroce. Mais certains avaient encore de la chair accrochée à leurs os, et leurs mâchoires, leurs épaules, et leurs côtes étaient visibles à travers leur peau jaunâtre et bleutée. L'odeur était insoutenable. Sentant mon estomac se soulever, je me concentrai sur le parfum de lavande qui, heureusement, m'enveloppa presque immédiatement.

— *Ne tombe pas dans le vide, déesse des fleurs !* railla Eurynomos. *Car ils ne manqueront pas de te déchirer, et je ne ferai de ta chair qu'une bouchée !*

Putain, putain, putain !

J'étais terrorisée, entre la masse de morts-vivants se tordant sous mes pieds, et Menthé qui hurlait au-dessus de moi.

Comment vais-je survivre à ça, bordel ?

QUATORZE

PERSÉPHONE

OK, l'ancienne Perséphone avait le vertige, me réprimandai-je, *mais la déesse Perséphone a des vignes qui peuvent attraper des trucs, et elle a récemment sauté d'un arbre. La déesse Perséphone peut le faire !*

— Mais putain, bouge ton gros cul ! hurla Menthé au-dessus de moi.

Je lui lançai un regard noir, alors que j'essayai de déterminer quel pilier était le plus proche de moi.

— C'est comme ça que tu me remercies ? J'aurais pu te laisser croupir ici, je te signale !

— Mais tu ne l'as pas fait, alors bouge !

— Ta gueule ! lui lançai-je, replaçant Faesforos dans son fourreau.

Un grondement sourd s'éleva du tas de morts-vivants, et je devinai que certains devaient encore avoir la gorge intacte, ce qui me glaça le sang. Rapidement, je fis jaillir une vigne verte de ma paume, le dirigeant vers le plafond. Le pilier le plus proche était environ cinquante centimètres plus haut que celui sur lequel j'étais, et se trouvait à environ un mètre de moi. Un autre grondement retentit ;

je baissai les yeux et mon cœur bondit dans ma poitrine lorsque je découvris qu'une main pourrie agrippait le bord de mon pilier. Les morts-vivants étaient en train de grimper !

Le visage crispé par la peur et le dégoût, je donnai un coup de pied dans la main, et regardai avec une peur sourde le cadavre retomber sur la masse de squelettes juste en dessous. Un autre cadavre le remplaça aussitôt.

Menthé avait raison. Je devais bouger mon cul !

Ma vigne s'enroula autour des cordes qui maintenaient Menthé, et j'essayai de tirer dessus pour voir si elle tenait bien – si jamais je tombais en essayant de sauter, c'était le seul moyen que j'avais de me retenir ; il fallait donc que ce soit solide, si je ne voulais pas rejoindre la horde de cadavres en dessous de moi et être dévorée par Eurynomos.

Les mains tremblantes, je fléchis les genoux et enroulai la vigne plusieurs fois autour de ma main, me préparant à sauter. À peine quelques semaines auparavant, mes genoux auraient déjà cédé ; mais je me sentais plus forte, à présente. Surtout, j'étais maintenant déterminée à gagner...

Je sautai en pensant au visage d'Hadès.

J'atterris facilement sur le pilier suivant, la vigne m'aidant à atteindre la hauteur dont j'avais besoin. J'étais si soulagée que je laissai échapper un cri de triomphe.

— Il t'en reste encore au moins dix ! me cria Menthé. Alors, par tous les dieux, arrête de faire la fête et magne-toi !

Je l'ignorai et sautai sur le prochain pilier. Cette fois, cela me parut plus facile. Je regardai autour de moi pour savoir quel pilier je devais atteindre ensuite, et j'en repérai un à environ deux mètres plus haut que le mien. Je sentis quelque chose bouger à mes pieds et je n'eus pas besoin de baisser les yeux pour savoir qu'il s'agissait des morts-vivants qui essayaient de m'atteindre.

— *Tu sais que c'est comme ça que les squelettes de Sparte sont fabriqués ?* siffla Eurynomos. *C'est tout ce qu'il reste d'eux après que j'en ai fini avec leur chair.*

— Charmant ! marmonnai-je en m'accroupissant pour le prochain saut.

— *Hadès me donne les plus mauvais, tu vois. Ceux qui ont commis le plus de péchés.*

— Très gentil de sa part ! répondis-je en me forçant à ne pas me laisser impressionner.

Puis je sautai. Cette fois, le saut était plus difficile et, en atterrissant, mon pied glissa du bord et je faillis tomber dans le vide. Je me rattrapai de justesse, le cœur battant à toute allure.

— *Il ne me manque pas, tu sais. Hadès ne me laissait jamais m'amuser et m'obligeait à lui obéir. Mais cette créature de Zeus qui me contrôle à présent...*

Le démon s'arrêta et je ne pus retenir ma curiosité.

— Quoi la créature de Zeus ?

— *Elle n'a pas ce qu'il faut,* siffla Eurynomos. *Elle a du pouvoir, mais il n'est pas assez sombre pour me contenir. Plus pour longtemps en tout cas...*

En entendant ces mots, un frisson me parcourut. Eurynomos pouvait-il vraiment se libérer du pouvoir de Zeus ?

— Hadès va reprendre le contrôle, dis-je avec désinvolture, regardant autour de moi pour repérer mon prochain pilier.

Il n'était qu'à quelques mètres, mais était beaucoup plus haut que le mien. Un doigt osseux rampa vers mes pieds tandis que je me préparais à sauter, et je le dégageai d'un coup de pied.

— *Je sais, oui*, soupira Eurynomos. *Mais, d'ici là, je suis bien décidé à profiter de ma liberté !* rit-il.

— Et qu'est-ce que tu en ferais ? lui demandai-je en bondissant le pilier suivant.

Immédiatement après avoir décollé de l'endroit où je me trouvais, je réalisai avec effroi que j'avais mal évalué mon saut et que je n'allais pas y arriver. Mue par mon instinct de survie, je tirai sur mes vignes qui se raccourcirent rapidement. *Trop rapidement...* Je survolai le pilier, suspendue à ma vigne, la sensation d'apesanteur me soulevant le cœur. Je ne pus m'empêcher de regarder vers le bas alors que je me balançais, des points noirs obscurcissant mes yeux. Les morts-vivants grouillaient partout autour des piliers, et la peur de tomber au milieu d'eux me tétanisait, m'empêchant de réagir.

— Relève-toi, imbécile ! me cria Menthé.

Sa voix me sortit de ma torpeur, et je réagis, raccourcissant davantage ma vigne. Je la dirigeai vers le haut, et me réprimandai mentalement.

Pourquoi est-ce que je n'ai pas fait ça avant, putain !

— *Oh non, non, ça ne peut pas être aussi facile*, ronronna Eurynomos.

Une chaleur torride glissa alors sur ma vigne, jusqu'à moi. L'un des doigts noircis au plafond qui, jusque-là, ne s'intéressait qu'à Menthé agrippa ma vigne, la brûlant. Des images répugnantes de morts en décomposition m'assaillirent alors que mes vignes devinrent noires : c'était le pouvoir d'Hadès qui s'immisçait en moi.

Lorsque le démon coupa ma vigne, je commençai à tomber dans le vide, mais j'en fis jaillir une autre de ma main immédiatement et la lançai sans prendre le temps de viser un point précis, et priant pour qu'elle s'enroule au bon endroit. Lorsqu'enfin je sentis qu'elle était accrochée à un quelque chose, je pris appui et m'élançai vers le premier pilier à côté de moi. Mais, avant que je ne puisse l'atteindre, des doigts osseux se refermèrent autour de ma cheville et je donnai un coup de pied au squelette qui essayait de m'attraper. Mais il fut aussitôt remplacé par un autre qui agrippa ma botte. Je le regardai, terrifiée, et atterris violemment sur le pilier, l'obligeant à me lâcher. Enfin libérée, je me dépêchai de raccourcir ma vigne et me propulsai sur un autre pilier, plus en hauteur, hors de portée des squelettes et des morts-vivants. En arrivant au sommet, j'étais à bout de souffle, mais l'adrénaline me rendait plus forte.

Menthé cria à nouveau, et le mort-vivant gémit plus fort. Je devais faire vite et en finir ! Mais comment, si Eurynomos coupait mes vignes ? Elles étaient ma seule arme...

Je décidai d'essayer de le distraire...

— Où es-tu, Eurynomos ? Pourquoi ne te montres-tu pas ? criai-je.

Il éclata de rire dans mon esprit.

— *Je n'ai pas le droit !*

— Pourquoi ? Parce que tu es trop laid ?

Je regardai le pilier suivant et, au lieu d'envoyer mes vignes jusqu'aux cordes, je dirigeai mes deux mains en direction du sommet. Je dus fournir un plus gros effort physique pour atteindre ce pilier que si j'avais simplement essayé de rejoindre le filet dans lequel était Menthé mais, au moins, les doigts ne pouvaient pas m'attraper. Je sautai sur le pilier suivant en utilisant les vignes, et atterris en tombant, me cognant le menton contre la roche et mes pieds restant dans le vide. Tirant sur mes bras, je me hissai jusqu'au sommet, cherchant immédiatement le pilier suivant.

— *Je crois qu'on peut dire que je suis laid, en effet,* dit le démon d'un air pensif.

Je lançai mes vignes jusqu'au pilier suivant. Il ne m'en restait plus que trois ou quatre avant de pouvoir atteindre le plafond. Je levai les yeux vers Menthé et vis qu'elle avait les yeux fermés. Maintenant que j'étais plus près, je voyais les plaies béantes que les doigts lui avaient causées : on aurait dit des brûlures profondes, qui laissaient entrevoir sa chair. Je frémis de dégoût... Je devais vraiment nous sortir de là toutes les deux !

Déterminée à en découdre, je sautai en même temps que je tirai sur mes vignes pour ne pas heurter le pilier aussi fort que les fois précédentes. Malheureusement, cela n'eut aucun effet et j'atterris en me cognant l'épaule contre le sol.

— *Qu'est-ce que tu en penses ?* me demanda Eurynomos alors que je me relevais.

Je haletai avant de répondre, en fronçant les sourcils.

— Qu'est-ce que je pense de quoi ?

— *Je suis laid ?*

Je n'eus pas à attendre longtemps avant de comprendre pourquoi il me posait cette question : tout à coup, il apparut devant moi.

Mon cerveau se figea et je trébuchais en arrière, cédant à une peur primitive. Dans un réflexe de défense, et sans même que je m'en aperçoive, mes vignes se projetèrent en avant, contre Eurynomos. Son visage se tordit de joie lorsqu'elles entrèrent en contact avec sa peau. Si le fait que je sois accrochée à lui m'empêcha de tomber, une multitude d'images terrorisantes assaillirent mon esprit. Je le voyais, à quatre pattes, entouré de cadavres. Son corps était noir et glabre, long et musclé, et couvert de plaies qui suintaient un liquide rouge foncé coulant partout sur sa peau. D'énormes yeux noirs globuleux étaient plantés au milieu de son crâne allongé, et sa bouche immense était remplie de dents tordues et acérées comme des rasoirs. Le vrai démon, caquetant devant moi, se confondait avec celui dans ma vision, qui arrachait la chair des corps comme un animal enragé.

— Tu sens bon, siffla-t-il.

Je convulsai, forçant mes vignes à lâcher prise, à se désagréger. Alors, il disparut avec un autre éclat de rire.

— *C'est vraiment dommage que je ne sois pas autorisé à te toucher tant que tu n'as pas réussi à sauver l'autre*, se moqua-t-il d'une voix lugubre.

Je respirais profondément, essayant désespérément de ne pas vomir ou de m'évanouir, sentant mes jambes qui commençaient à se dérober.

— Mais putain, bouge-toi ! Tu n'es bonne qu'à cueillir des fleurs ou quoi ? cria Menthé.

La colère m'envahit.

— Je risque ma vie pour te sauver, espèce de connasse ingrate ! hurlai-je en retour.

Bizarrement, les mots m'apportèrent de la force, et je réalisai que ma colère me permettait de surpasser mon dégoût et ma peur. Mes tremblements cessèrent et je repris mes esprits.

Je levai les yeux : je devais essayer autre chose.

Retirant Faesforos de son fourreau, je lançai une vigne sur le filet au-dessus de moi, près de la tête de Menthé. Lorsqu'elle s'enroula autour d'une corde, je la raccourcis et me propulsai vers le plafond. Je savais que je n'avais que quelques secondes avant que les doigts d'Eurynomos ne coupent ma vigne, mais j'espérais que ce serait suffisant. Dès que je fus suffisamment proche du filet, je brandis mon poignard et coupai une corde avec une facilité qui me surprit moi-même. Menthé tomba un peu dans le vide et gémit, tétanisée.

— Que va-t-il se passer si tu coupes toutes les cordes du filet ? me demanda-t-elle d'une voix frêle.

— Je n'en sais rien, mais prie pour que nous soyons expulsées de ce trou à rats avant de rejoindre la fosse..., lui répondis-je en désignant les morts-vivants qui clamaient en dessous de nous.

Juste à ce moment-là, un doigt se referma sur ma vigne. Je grimaçai mais restai concentrée, à la recherche d'un pilier sur lequel me poser en toute sécurité. Lorsque je le trouvai, l'adrénaline m'aidant à vaincre ma peur, lançai ma vigne et m'élançai, galvanisée par le fait de savoir que j'y avais déjà atterri sans qu'il ne m'arrive rien. Malgré tout, je laissai échapper un léger soupir de soulagement lorsque mes pieds touchèrent le sol, et je désintégrai ma vigne.

— *Une déesse des fleurs intelligente,* siffla Eurynomos.

Je l'ignorai, restant concentrée sur le filet vers lequel je devais retourner pour couper une autre corde.

Je réitérai l'opération plusieurs fois, avec de plus en plus d'aisance et parvenant de mieux en mieux à éviter les doigts d'Eurynomos. Plus je coupais de cordes, et plus je me sentais forte et confiante, confirmant le vieil adage qui disait que « ce qui ne tue pas rend plus fort ». Au bout de six fois, il ne restait plus qu'une corde à couper. Le visage de Menthé était tiré par la peur, tandis que ses épaules et ses tibias étaient couverts de blessures.

— Tu as plutôt intérêt à ne pas rater ton coup ! me lança-t-elle alors que je me préparais à m'élancer pour couper la dernière corde.

— Tu as toujours été une garce ou c'est juste avec moi ? criai-je.

— Je l'ai toujours été. Mais je ne mérite pas pour autant de mourir comme ça !

Sa voix était misérable et je ne pus m'empêcher de ressentir de la peine pour elle. C'était une battante ; or, elle était devenue complètement impuissante, obligée de remettre son destin entre mes mains. Je savais à quel point il était horrible de dépendre de quelqu'un d'autre.

— Peut-être que tu pourrais être un peu plus sympa avec moi si je te sauve la vie ?

Elle ne répondit pas, mais me regarda droit dans les yeux et je vis qu'elle était réellement effrayée.

— Ne t'inquiète pas, j'arrive, la rassurai-je.

Étrangement, alors que je me hissais vers le plafond, aucun doigt n'apparut dans la roche pour couper ma vigne. Ce n'était pas normal. Je sortis Faesforos, m'apprêtant à couper la dernière corde qui retenait Menthé comme si de rien n'était mais, en réalité, j'étais terriblement inquiète.

J'avais raison de l'être : alors que j'étais sur le point de couper la corde, Eurynomos apparut entre nous et mon poignard coupa son bras émacié. Le démon hurla – son hurlement résonnant de toutes parts et provoquant en moi presque autant de terreur que les colères d'Hadès.

— La douleur ! s'écria-t-il, s'agrippant à moi.

Je me balançai dans le vide pour essayer de le faire tomber, cherchant désespérément un pilier sur lequel atterrir.

— La douleur était ce dont j'avais besoin pour avoir plus de puissance et pouvoir me libérer ! ajouta-t-il dans un rire cruel.

— Quoi ?

Je fixai ses yeux déformés et remplis de joie.

— Je suis libre ! hurla-t-il.

Puis il fondit sur moi.

Je ressentis une agonie comme je n'en avais jamais vécu, pire que celle que m'avait infligée l'homme avec le phénix. Ma peau se détachait de mes os alors qu'il penchait sa tête contre mon épaule, et ma vigne se désintégrait. Je hurlai tandis que je tombais dans le vide, le démon tombant avec moi. Il enfonçait ses dents dans mon cou, et ma chair me brûlait – c'était insoutenable.

L'obscurité commençait à me consumer, lorsque j'entendis Menthé.

— Perséphone, réveille-toi !

Mon dos heurta quelque chose de dur, et je fus vaguement consciente du fracas des os et du bruit de la chair en décomposition.

Tu es une déesse.

Une autre vague d'agonie me fit hurler à nouveau, Eurynomos continuant d'arracher mes chairs tandis qu'il était allongé sur moi, m'empêchant de faire le moindre mouvement.

Tu es une déesse. Combats-le, putain !

Je me concentrai pour réunir mes dernières forces, et fis jaillir mes vignes noires sur lui.

Elles le frappèrent si fort qu'elles le traversèrent littéralement. Je maintenais mes paumes dirigées contre lui, chargeant mes vignes de toutes la noirceur et la colère que je portais en moi. Alors, petit à petit, je pris le dessus sur Eurynomos. Il hurla à la mort tandis que des boules remplies d'épines se formaient sur mes vignes et lui arrachaient l'intérieur de sa poitrine. Puis je me concentrai pour que mes vignes le poussent vers le haut. Lorsqu'il fut à un point suffisamment élevé, je balançai mes bras sur le côté d'un seul coup, le projetant contre le côté de la caverne. L'essaim de morts-vivants autour de moi se figea sur place, tous ayant les yeux rivés sur leur maître alors que je le jetais contre le mur opposé avec autant de force que je pouvais rassembler. Je relevai les genoux, une rage noire alimentée par le pouvoir du démon s'infiltrant en moi. *Eurynomos mourrait.* Lui et tous les autres qui avaient cherché à m'utiliser comme un jouet, à me torturer pour leur bon plaisir, à arracher la chair de mes os, étaient en train de mourir.

J'étais trop consumée par la rage pour remarquer que ma peau était en train de se reconstituer.

— Sors-moi d'ici !

Les cris de Menthé filtrèrent à travers la rage toxique qui m'avait envahie, et je me levai lentement, mes yeux toujours fixés sur Eurynomos alors que je le jetais entre les parois de la caverne, son corps flasque se tordant à chaque fois qu'il heurtait le rocher.

— Une minute, sifflai-je. J'ai quelque chose à régler d'abord...

Les bras levés bien au-dessus de ma tête, le sang du démon dégoulinant sur mes vignes noires, je continuai de tenir Eurynomos au-dessus de moi.

— Tu m'as dit que c'était la douleur qu'il te fallait ? criai-je.

Je ne reconnaissais plus ma voix, mais cela m'était égal. Pour l'heure, la seule chose qui comptait pour moi était de tuer ce démon et de montrer à tous ma puissance. Il gémissait, mais je ne dis rien. *Impossible de parler.* Toute ma force était accaparée par le fait de lui prendre son pouvoir.

Avec un dernier effort de volonté, je retirai la partie la plus sombre du démon et me l'appropriai. Puis, avec un rugissement, je l'insufflai dans mes vignes et, aussitôt, Eurynomos hurla alors que des épines géantes jaillissaient des vignes, à travers sa poitrine, l'embrochant de toutes parts.

Au fur et à mesure que la vie de la créature le quittait, son pouvoir obscur s'écoulait en moi, et mes vignes s'affaiblissaient. Enfin, je trébuchai en arrière tandis que le corps d'Eurynomos s'écrasa devant moi, au milieu des morts-vivants qui s'éloignèrent. Alors, son corps ensanglanté se mit à briller d'un bleu profond, puis disparut. Mes vignes noires se désintégrèrent et je fus prise d'une violente nausée. D'un seul coup, je vomis toutes mes tripes, mon corps tremblait de manière incontrôlable.

— Sors-moi de là, je t'en supplie ! cria Menthé.

La bile âcre et la douleur dans ma gorge et mon cou me faisaient pleurer alors que j'essayais de reprendre mon souffle.

Je dois nous sortir d'ici !

Me forçant à réagir, je lançai une vigne verte vers le plafond et mon corps épuisé et tremblant fut propulsé vers le haut. J'étais si fatiguée que je n'eus cette fois pas peur du vide. Alors que j'approchais de Menthé, je sortis Faesforos de son fourreau et, malgré l'engourdissement, je coupai la dernière corde, évitant de croiser le regard apeuré de Menthé – car, comme elle, je ne savais pas ce qui allait se passer une fois qu'elle serait libérée.

Dès que la lame de mon poignard traversa la corde, toute la caverne fut plongée dans une lumière blanche.

QUINZE

PERSÉPHONE

Complètement étourdie, je me retrouvais dans la salle du trône d'Hadès, des applaudissements retentissant autour de moi.

— *Perséphone, tu vas bien ?* s'inquiéta immédiatement Hadès.

Je hochai la tête en silence en direction de la silhouette enfumée qui ondulait au bout de la rangée de trônes.

— Perséphone !

Je me tournai et découvris mon frère, paniqué, qui tentait de se frayer un chemin à travers la petite foule pour me rejoindre. Hécate le tirait en arrière, le visage figé et dur.

— Je vais bien, Sam ! le rassurai-je.

Aussitôt, Sam s'immobilisa, le visage blême : ma voix n'était pas celle de d'habitude. Timidement, je touchai mon cou mais mes doigts ne rencontrèrent pas ma peau. Je touchai quelque chose de grumeleux et humide. Réprimant un haut-le-cœur, je fermai les yeux et me concentrai pour tenter de me guérir. Si j'avais pu me sortir des griffes d'Eurynomos, il n'y avait aucune raison que je ne puisse pas me soigner.

— Tout le monde n'a pas cette chance, marmonna Menthé.

Je rouvris les yeux. Elle se tenait à côté de moi, tremblante. De profondes brûlures sombres couvraient son corps et son visage était aussi blanc qu'un drap. Je fronçai les sourcils.

— Qu'est-ce que tu insinues ? lui dis-je sèchement. Tu penses vraiment que c'était une partie de plaisir pour moi ? Que j'ai de la chance d'avoir vécu ça ? Je viens de te sauver la vie, alors arrête de m'emmerder !

— C'est ce que je voulais dire, dit-elle doucement en faisant un geste vers mon épaule et mon cou. Je ne peux pas me guérir.

— Oh... fis-je, gênée de m'être emportée.

Je penchai la tête vers elle et envoyai lentement une liane vers son bras. Elle tressaillit mais se laissa faire tandis que ma vigne devenait dorée, mon pouvoir de guérison courant à travers elle. Très vite, ses plaies pâlirent puis se refermèrent.

— Merci, murmura-t-elle.

— Je suis ravi de voir que vous vous entendez bien ! clama Zeus, se levant de son trône avec un sourire froid. S'il vous plaît ! dit-il en levant le bras.

Le commentateur apparut avec un petit son étrange.

— Chers Olympiens ! La courageuse Perséphone a choisi de sauver sa rivale au lieu de vivre avec un meurtre sur sa conscience ! Voyons ce que les juges ont à dire à ce sujet ! sourit-il.

Les juges apparurent à leur tour devant les trônes.

— Rhadamanthe ?

— Un jeton ! a déclaré le juge.

— Étaque ?

— Un jeton, dit le juge décharné en me regardant avec méfiance.

— Minos ?

— Un jeton. Et mon respect ! déclara le juge principal, avec un petit sourire.

Je haussai les sourcils de surprise et les trois magistrats disparurent.

— Comme je l'avais espéré, la dernière épreuve va être le théâtre d'une très belle confrontation ! tonna Zeus.

— Comment savais-tu que je ne prendrais pas les deux jetons et que je choisirais de sauver Menthé ?

Il me regarda avec mépris.

— Parce que la plupart des humains sont malheureusement très prévisibles, et que tu l'es encore plus ! me dit-il avant de se retourner vers la foule. La dernière épreuve est celle que tout le monde attend : la course des chiens de l'enfer !

La foule acclama et je regardai Hadès avec inquiétude. Skop m'avait dit que je rencontrerais Cerbère tôt ou tard ; je compris que le moment était venu...

— Toutefois, l'épreuve sera un peu différente de celles organisées pour les autres concurrentes. Si, pour les autres, l'objectif était de vaincre les trois chiens d'Hadès avec un char, cette fois, ce sont les trois dernières concurrentes qui courront. Celle qui l'emportera épousera Hadès.

Je regardai Menthé. Elle semblait aussi nerveuse que moi.

— Mais j'ai déjà gagné cette course ! Tu ne peux pas me forcer à la refaire ! protesta-t-elle, visiblement atterrée.

Puis elle sembla réaliser son insolence et tomba sur un genou.

— Excuse-moi, Zeus. Ce n'est pas contre toi... C'est juste que... Je suis surprise. Mais je te prie de pardonner mon emportement.

Zeus ignora ses excuses et continua.

— Vous aurez toutes les deux le droit à deux assistants pour conduire votre char. Une seule restriction cependant : ils ne pourront pas être Olympiens. L'épreuve commencera demain, à midi !

Il tapa dans ses mains dans un geste ostentatoire et tous les dieux, à l'exception d'Hadès, disparurent dans un éclair aveuglant.

Aussitôt, Hécate se redressa.

— Putain ! marmonna-t-elle en tapant du pied.

Ma vigne tomba de son corps.

— En quoi consiste cette course ? lui demandai-je, consciente qu'Hadès se dirigeait vers nous d'un côté, mon frère et Hécate de l'autre.

— Comme si j'allais te le dire, siffla-t-elle en me fusillant du regard.

— Eh ! Tu n'es pas obligée de me parler comme ça. Je n'y suis pour rien, je te signale ! Franchement, tu es la personne la plus ingrate que j'aie jamais rencontrée ! lui lançai-je, folle de rage.

— Tu ne te rends pas compte de ce qui est en jeu pour moi. Tout ce à quoi j'ai renoncé pour en arriver là !

Des larmes brillaient dans ses yeux.

— Non, et je m'en fiche ! Tu veux épouser Hadès uniquement pour devenir immortelle. Tu ne le rendras jamais heureux !

— « Heureux » ? Parce que tu crois sérieusement que tu peux rendre le dieu des Morts *heureux* ?

Elle me regarda bouche bée.

— Oui. Moi je le peux.

— Eh ben... Tu es encore plus naïve que je ne le pensais !

— Et toi tu es plus une garce que je ne le pensais !

De la fumée noire s'approcha de nous et nous regardâmes toutes les deux Hadès.

— S'il te plaît, Hadès, renvoie-moi chez moi pour que je puisse me préparer, lui demanda Menthé d'un ton ferme, en inclinant la tête.

Hadès agita une main fumeuse et elle disparut.

— Persy, c'était quoi ce truc ? intervint aussitôt Sam. Je savais que tu étais une dure à cuire, mais je ne peux pas croire que tu aies vraiment fait ça... Ma propre sœur !

Il se précipita sur moi et me serra dans ses bras. Ma tête bourdonnait, la rage et le choc de ce que j'avais fait à Eurynomos se mêlant à l'intérieur de moi.

J'aurais dû regretter d'avoir laissé libre cours à ma rage. Je n'avais pas besoin de tuer Eurynomos, j'aurais pu tout simplement le neutraliser pendant que je libérais Menthé. Mais j'avais décidé qu'il mourrait, et rien n'aurait pu m'empêcher de le tuer. Cela avait été un acte de colère. Or, c'était justement cette colère que je redoutais le plus à propos de cette autre personne, cette déesse, à l'intérieur de moi.

Mais je ne regrettais rien. Ce n'était pas une personne, c'était un démon. Et cela signifiait...

— Il va se régénérer, dis-je à Hadès.

Ce n'était pas une question, mais une affirmation. Comme si je savais cela de manière instinctive avant de le tuer. Mais j'avais besoin qu'Hadès me le confirme.

— Oui. Cela peut prendre un certain temps, mais oui.

Un frisson de soulagement me parcourut. Je n'étais pas une meurtrière.

— Persy, Tueuse de Démons ! lança Hécate avec un large sourire. J'adore !

— Je pourrais m'y habituer, souris-je en retour.

Mais mon sourire disparut alors que je sentis une vague d'émotions me submerger – des émotions qui n'étaient pas les miennes. Peur et désespoir. *Hadès.*

— J'ai besoin d'un moment avec Hadès, dis-je à Sam, m'extirpant de son étreinte. Ensuite, nous nous préparerons pour la prochaine épreuve et nous prendrons un verre. Voire deux...

— Je vais préparer les cocktails ! clama Hécate.

— Qu'est-ce qui ne va pas ? demandai-je dès que la salle du trône fut vide.

Hadès prit sa forme humaine et se précipita sur moi. Il me prit dans ses bras énormes, couvrant mon cou et mon épaule de baisers apaisants, là où Eurynomos m'avait mordu.

— Si tu ne l'avais pas tué, je l'aurais fait, murmura-t-il en s'écartant et en prenant mon visage dans ses mains. Tu as été... incroyable !

— Je ne l'aurais pas tué s'il avait été une vraie personne, dis-je fermement.

T'es sûre de ça ?

Je chassai la petite voix en moi qui me rappelait une réalité à laquelle je ne voulais pas penser.

— J'ai mangé une autre graine, dis-je à Hadès.

— J'avais compris... Les épines sont de retour.

— Que puis-je faire d'autre maintenant ?

— Te guérir plus rapidement, me dit-il en posant son regard argenté sur mon cou. J'aimerais pouvoir rester avec toi, mais j'ai une réunion avec les autres dieux, et ça ne peut pas attendre.

Je sentis la fureur monter en lui et posai mes paumes sur sa poitrine. Il prit une profonde inspiration.

— Zeus a perdu le contrôle d'Eurynomos. Je ne veux pas prendre le risque qu'il perde le contrôle de Cerbère.

— Est-ce que Cerbère va essayer de me manger ? demandai-je, aussi négligemment que possible.

Hadès caressa ma joue avec son pouce.

— Il t'aimait avant, tu sais...

— Vraiment ? Pourtant, je m'entends mieux avec les chats généralement...

— Si tu redeviens ma reine, nous prendrons un chat, me promit-il.

Ma réaction dut se lire sur mon visage car un large sourire barra sur le sien.

— Juré ?

— Juré !

— Je te promets que je vais réussir cette épreuve ! déclarai-je.

Après m'avoir embrassée comme si sa vie en dépendait, Hadès partit rejoindre les autres dieux, promettant de tout me dire sur les chiens de l'enfer à son retour, et de me montrer tout ce que je pouvais désormais faire avec mes vignes d'or.

Il me renvoya dans ses appartements, où attendaient Hécate, Sam et Skop, avec – comme promis – les cocktails.

— Nous n'avons pas beaucoup de temps pour trinquer car nous avons une invitation à dîner, m'informa Hécate en me tendant un verre.

— Je n'arrive toujours pas à croire que tu aies tué cette chose, Persy ! Honnêtement, c'était dingue ! intervint Sam. Et ton cou... J'ai cru que tu allais mourir à un moment donné...

Il s'arrêta brusquement de parler, visiblement ému.

— Je vais bien, Sam. Un démon ne fait pas le poids contre une déesse ! le rassurai-je en serrant son bras.

Je pris une longue gorgée de mon cocktail. C'était divin !

— Je vois ! me répondit-il avec un sourire affectueux. Tu ne m'avais pas dit pour les épines, au fait...

— Je ne les avais pas avant ce matin. J'ai mangé une autre graine.

— Très bien ! approuva Hécate. C'est certainement ce qui t'a sauvé la vie.

— *J'avais raison !* dit Skop.

— *C'est vrai*, admis-je en lui souriant, avant de me tourner à nouveau vers Hécate. Qui nous invite à dîner ?

Faites que ce ne soit pas Zeus, faites que ce ne soit pas Zeus, faites que ce ne soit pas Zeus ! priai-je en silence.

— Morphée et Hédoné. Et je crois qu'ils ont de bonnes nouvelles à nous annoncer...

Dès que j'eus terminé mon cocktail, Hécate nous téléporta dans les appartements de Morphée. C'était... éblouissant !

Les appartements de Morphée étaient comme lui : purs, flottants, et... tout simplement magiques ! Je ne pouvais pas dire mieux... Les parois rocheuses brillaient de milliers d'étoiles de toutes les nuances de bleu, toutes semblant se déplacer comme du liquide à travers la roche

– exactement comme les toges fluides qu'il portait. Une immense table était dressée pour cinq au milieu de la salle de réception avec, en son centre, un grand globe qui brillait d'une lumière jaune. On aurait dit le soleil – ou, plus exactement, un *coucher de soleil* tant la lumière qu'il projetait dans la pièce était douce. Des bibliothèques bordaient un mur et une tapisserie gigantesque recouvrait celui d'en face. Avant que je puisse m'en approcher pour l'admirer, Hédoné et Morphée se levèrent de table pour nous saluer.

— Persy, tu as été géniale aujourd'hui ! rayonna Hédoné, m'embrassant sur les joues.

Une chaleur familière me traversa à son contact et je pensai à mon frère : il allait tomber littéralement sous le charme de la déesse du plaisir !

À ma grande surprise cependant, il se tint plutôt bien, rougissant à peine lorsqu'elle se présenta à lui. Morphée sembla le troubler davantage, l'apparence surnaturelle du dieu des rêves le faisant même bégayer légèrement.

— Je vous en prie, asseyez-vous, nous invita Morphée.

Nous nous installâmes autour de la grande table, et un satyre entra par la porte ouverte au fond de la pièce, avec un plateau sur lequel étaient disposés des verres remplis du délicieux vin pétillant.

— Sam, fais attention à ce truc, ce n'est pas vraiment fait pour les humains ! avertis-je doucement mon frère.

— Tu pourras guérir ma gueule de bois, me sourit-il avant de boire une grande gorgée. Putain ! C'est super bon !

— Oui, tout est absolument délicieux, ici, tu vas voir, lui dis-je avec une fierté qui me surprit – comme si je parlais de quelque chose qui m'appartenait.

Je réalisai alors que je commençais à me sentir chez moi dans l'Olympe…

— Perséphone, je t'ai invitée ce soir pour une raison un peu formelle, lança Morphée, attirant notre attention à tous. Voilà : je voudrais t'offrir mes services pour la course de chars.

Je le regardai en clignant des yeux. *La course de chars… ?* Je repensais à ce que nous avait dit Zeus : *Vous aurez toutes les deux le droit à deux assistants pour conduire votre char.*

— Sérieusement ?

— Oui. Avais-tu déjà une équipe en tête ?

— Non, pas du tout ! Je n'y avais même pas encore pensé, bredouillai-je. Tu es sûr de vouloir prendre un tel risque ?

Il éclata de rire.

— Même si je ne suis pas un Olympien, je suis aussi immortel que possible ! Le risque pour moi serait minime, me répondit-il doucement. Et puis, j'aime beaucoup Hadès. Sans vouloir t'offenser, je le ferai pour lui plus que pour toi…

Je lui adressai un large sourire, le cœur gonflé.

— Merci ! Merci beaucoup !

Je ne serai pas seule !

Pour la première fois dans cette horrible compétition, j'aurai un ami à mes côtés lors d'une épreuve. C'était tellement réconfortant !

— Je pourrai peut-être être ta deuxième coéquipière, me dit Hécate.

Je tournai ma tête vers elle, folle de joie.

— Vraiment ?

— Bien sûr ! Et pour la même raison que Morphée. Je

ne veux pas qu'Hadès redevienne un patron déprimé, m'expliqua-t-elle en haussant les épaules.

Sa voix était aussi indifférente que son langage corporel, mais ses yeux brillaient d'autre chose. De l'excitation ? Elle avait été là, avec moi ou près de moi, à chaque étape de ce voyage. Je l'avais vue pâlir en découvrant à quel point les défis que je devais relever étaient dangereux. J'avais vu l'inquiétude sur son visage lorsque j'avais été blessée, et sa détermination lorsqu'elle m'entraînait. Elle tenait à moi, j'en étais certaine.

— Mais est-ce que je serai autorisée à être accompagnée de deux personnes des Enfers ? Les chiens de l'enfer vous connaissent sûrement tous les deux ? Or, Hadès n'était même pas autorisé à me parler avant la dernière épreuve...

— En fait, j'ai la chance de ne jamais avoir affaire à des chiens, dit Morphée avec dégoût.

— Je les vois tous les jours, mais ça n'aura pas d'importance. Ils seront sous le contrôle de Zeus, et il n'y a rien que nous puissions te dire à leur sujet qui puisse t'aider, ajouta Hécate. Et en plus, Menthé a aussi un avantage : elle a déjà fait cette épreuve une fois.

Elle marquait un point, même si j'avais l'impression que c'était plus une punition qu'un avantage pour Menthé...

— Mais, si je suis ta logique, si Eurynomos était sous le contrôle de Zeus, pourquoi n'ai-je pas été autorisée à te parler, ou à Hadès, hier soir ?

— Beaucoup de démons des Enfers peuvent être soudoyés. Si on leur offre ce qu'ils veulent, ils peuvent faire tout ce qu'on leur demande. Mais les chiens sont incorruptibles – ils sont trop bien entraînés.

— Oh... Et qu'est-ce qu'aime Eurynomos ?

— Le chocolat.

— Tu plaisantes ? m'étonnai-je en fixant Hécate. Tu veux dire que j'aurais pu éviter toute cette merde si je lui avais juste offert une simple boîte de chocolat ?

— Les Enfers sont un endroit bizarre, Persy..., soupira-t-elle en haussant les épaules.

SEIZE

HADÈS

— Tu pourrais mettre une toge, c'est une réunion formelle ! cracha Zeus alors que j'apparaissais dans sa salle du trône qui flottait au sommet de sa montagne.

— Et toi, est-ce que tu pourrais un jour ne pas outrepasser tes droits ? aboyai-je en retour.

Héra se leva d'une longue table ovale et me lança un regard acéré, lourd de sens. Serrant les dents, je changeai de vêtements et endossai une toge noire.

— Merci, Hadès, dit Héra en se rasseyant et en me faisant signe de faire de même.

Visiblement, j'étais le dernier à arriver.

— Je ne veux pas que cette rencontre dégénère en dispute, dit Héra en nous regardant, Zeus et moi, tandis que je tirais une chaise de la table et m'asseyais, les bras croisés.

— Donc je suppose que, comme d'habitude, nous allons tous faire comme si Zeus n'avait rien fait de mal ? lâchai-je.

Mon frère me lança un regard noir mais ne répondit rien.

— Zeus reconnaît qu'Eurynomos était plus fort qu'il ne le pensait au départ.

— Personne ne m'écoute, crachai-je. Je vous ai maintes fois prévenus au cours des cent dernières années : vous saviez que, chaque fois qu'il se régénérait, Eurynomos devenait plus fort. C'est la même chose avec toutes les putains de créatures qui vivent dans la Vierge !

— Es-tu en train de nous dire que tu crains de ne plus pouvoir les contrôler ? demanda Athéna.

— Non. Absolument pas, mentis-je.

— Alors qu'est-ce que tu veux dire ?

— Il y a une raison pour laquelle toutes gagnent de la force. Nous devons essayer d'y faire face.

— Nous avons déjà eu cette conversation. C'est un problème du monde souterrain, pas le nôtre ! intervint Apollon avec dédain.

— Tu te trompes ! lui répondis-je sèchement. Cela n'est pas du fait de la Vierge. Chaque pécheur qui croise mon chemin alimente la force des démons. Or, le nombre de pécheurs augmente à chaque minute ! L'Olympe se remplit d'êtres avides et haineux, et ce n'est pas ma faute !

La frustration m'envahissait. Combien de fois allais-je devoir leur répéter ? Comment pouvais-je leur faire comprendre qu'ils étaient tous responsables de la transformation de notre monde ? Les conséquences devenaient de plus en plus dramatiques et j'avais déjà perdu beaucoup de mon âme à cause de cela...

— Si tu n'es plus capable de gouverner les Enfers, quelqu'un doit prendre ta place, dit Zeus calmement.

Tous les regards se tournèrent vers lui.

— Tu es volontaire ? lui demandai-je d'un ton sarcastique.

Je savais qu'il n'oserait jamais prendre cette responsabilité. Et il était trop tard de toute façon. La Vierge faisait partie de moi. J'étais désormais trop profondément lié à mon royaume pour pouvoir en être séparé. Si je tombais, ce serait pour les morts. Ou je gagnais, ou je devenais une partie du monde souterrain lui-même. Il n'y avait pas d'autre issue.

— Tu serais un bien piètre maître des cieux, mon frère, rétorqua Zeus sans toutefois oser croiser mon regard. Mais je crois que je te dois des excuses.

— Comment ?

J'étais médusé, comme tout le monde autour de la table.

— Les démons que tu diriges ont besoin de plus de force que je ne le pensais, et je dois admettre que nous n'avons pas tenu compte de tes avertissements. Mais ne prends pas cet aveu comme un compliment...

Ses yeux se posèrent enfin sur les miens, et ils brillaient d'une énergie violette électrique. Aussitôt, je fus sur mes gardes, le pouvoir jaillissant dans mes veines.

— Cette créature portait en elle une véritable volonté de destruction. Or, tu dois avoir en toi la même pour avoir un tel pouvoir de domination sur elle. Tu es plus dangereux que je ne le pensais.

Je me sentis grandir. Le monstre en moi s'était réveillé et était prêt à rugir. Si Zeus voulait savoir à quel point j'étais dangereux, je le lui montrerais volontiers. Trop longtemps, il avait fait de moi ce qu'il voulait, m'avait intimidé. Et maintenant qu'il avait eu un léger avant-goût de ce que j'avais à faire quotidiennement, il cherchait à s'en servir contre moi ?

— Tu as choisi l'un des démons les plus puissants de mon royaume pour affronter Perséphone uniquement parce que tu voulais me torturer. Tu voulais que je la perde. Et maintenant, tu fais mine de t'offusquer en découvrant à quel point cette créature était forte ?

Je ris – d'un rire long et tonitruant – et l'expression de Zeus s'assombrit encore davantage tandis qu'il grandit à son tour, atteignant la même taille que moi.

— Frère, tu n'as aucune idée de ce dont je suis capable. Ce dont j'ai toujours été capable.

De la lumière bleue jaillissait de mon énorme corps, formant une armée d'âmes qui commençait à s'aligner autour de moi.

— Tu m'as fait roi, Zeus. Le roi des morts. Et j'ai tout le pouvoir que cela implique.

— Mais ce pouvoir ne sera jamais aussi puissant que le mien, siffla Zeus. Ce n'est pas parce que je ne peux pas contrôler tes démons que tu es plus fort que moi ! Tu serais incapable de contrôler mes éclairs !

— Pas plus que je ne serais capable de contrôler les vagues de Poséidon mais, à la différence de toi, je n'essaye pas de le faire ! Tu te comportes comme un enfant gâté qui veut jouer avec les jouets de tout le monde, et cela causera notre perte à tous !

— C'est toi qui as commencé en enfreignant délibérément nos règles et en créant le treizième royaume. C'est toi qui as fait cela, pas moi ! hurla-t-il.

— Arrêtez de vous disputer comme des enfants ! cria soudain Héra en se redressant. Zeus, tu n'aurais pas dû faire revenir Perséphone. C'est à toi de gérer cela, maintenant. Quant à toi, Hadès, tes sentiments pour Perséphone t'empêchent d'accomplir ton devoir. Tu dois te ressaisir, et vite ! Cela étant dit, je vous demande de vous rasseoir, tous les deux !

Sa voix retentissait si fort qu'elle me fit mal à la tête, et l'armée bleue des morts que j'avais formée disparut dans un scintillement. Lentement, Zeus et moi reculâmes, et j'aperçus l'air amusé sur le visage de Dionysos – je résistai à l'envie de m'en prendre à lui.

— Il est crucial que nous ne reproduisions pas ce qui s'est passé dans le Tartare avec Perséphone, déclara Héra.

— Je suis d'accord ! dis-je avec fermeté.

— Dans ce cas, tu conviendras que tu ne peux pas assister à la dernière épreuve avec nous, et que tu devras surveiller l'entrée du Tartare à la place, me dit-elle.

— Comment ? Hors de question ! Si Zeus perd le contrôle des chiens de l'enfer, ils pourraient mettre Perséphone en lambeaux !

— Dans ce cas, tu n'auras pas à regarder ce spectacle, ricana Zeus avec un sourire cruel.

Avant que je puisse bondir sur lui, Athéna se leva et me surplomba pour m'empêcher de me lever.

— Assez ! s'emporta-t-elle. L'Olympe est plus important que toute autre chose. Or, Perséphone représente un risque pour notre monde – elle pourrait nous plonger dans une autre guerre interminable et sanglante ! Combien d'immortels Cronos a-t-il tués avant de le vaincre la dernière fois ? Sans compter tous ses alliés Titans qui ont maintenant disparu sans que l'on ne sache où ils sont ! Nous ne pouvons pas risquer que Cronos soit libéré – sous aucun prétexte, et pour personne !

— Athéna a raison, renchérit calmement Poséidon. Mon frère, tu ne peux pas placer une mortelle au-dessus de la sécurité de l'Olympe.

Mes entrailles se déchiraient et mes muscles tendus me faisaient mal, alors que je tentais de réprimer ma colère. Je ne pouvais pas discuter. Ce qu'ils disaient était vrai, et si tous les onze étaient d'accord...

— Et si celui qui l'a envoyée au Tartare la dernière fois était un Olympien ? dis-je en jouant ma dernière carte.

Athéna tressaillit et Héra rit de manière sarcastique.

— C'est la seule solution. Qui d'autre connaît Cronos et sait ce qu'il s'est passé avant ? ajoutai-je.

Tout le monde me regarda avec aberration.

— Tu es donc désespéré au point d'accuser l'un des nôtres ? le rabroua Apollon. Quel intérêt un Olympien aurait à déclencher une guerre qui risquerait de détruire notre monde si parfait ?

Parfait ? Mais donc, personne n'écoutait lorsque je disais que les âmes qui arrivaient dans mon royaume devenaient de plus en plus horribles et incontrôlables ? Enragé et frustré, j'étais sur le point d'exploser. Je devais leur faire comprendre ce qui était en train de se passer ! Mais avant que je puisse dire quoi que ce soit, Zeus prit la parole.

— Même s'il s'agit de l'un d'entre nous, tu devras garder le Tartare. Tu es le gardien de Cronos et dois être là s'il se passe quelque chose.

— Je pourrai m'y téléporter si nécessaire, lui fis-je remarquer d'un ton amer.

— Ce n'est pas suffisant. Cronos ne peut tout simplement pas rester sans surveillance. Fin de la discussion !

DIX-SEPT

PERSÉPHONE

Le repas que Morphée nous servit était fantastique. Durant toute la soirée, Sam posa une foule de questions à nos hôtes sur les Enfers et Hadès, mais j'eus du mal à me concentrer sur la conversation. La dernière épreuve approchait ; ensuite, tout serait enfin terminé. Mais l'idée de perdre, et qu'Hadès puisse se marier avec quelqu'un d'autre, me préoccupait. J'étais incapable de penser à autre chose... Je devais gagner. Absolument. Je ne savais toujours pas comment j'allais faire pour vivre l'éternité dans le royaume de la Vierge, mais j'étais déterminée à essayer.

Lorsque j'entendis la voix d'Hadès, je fus si heureuse que je faillis bondir de ma chaise. Il me manquait tellement...

— *Perséphone ?*

— *Hadès !*

— *Est-ce que je te dérange ?*

— *Non, tu ne me déranges jamais ! Tu me manques !*

— *Tant mieux*, répondit-il avec un sourire dans la voix. *Est-ce que je peux venir te chercher ?*

— *S'il te plaît !*

En une seconde, Hadès apparut dans les appartements de Morphée. Je fus surprise de le voir porter une toge noire au lieu de son jean habituel. Il avait l'air terriblement sexy dans cette tenue qui laissait entrevoir le haut de sa poitrine nue. Je mourrais d'envie de tendre la main et de toucher sa peau.

Après qu'il eut salué tout le monde, je lui annonçai que Hécate et Morphée allaient être mes coéquipiers pour la course de char. De toute évidence, cette nouvelle le soulagea, et il les remercia chaleureusement.

— Me permettez-vous de vous enlever Perséphone ? demanda-t-il. Je dois la préparer le mieux possible pour demain.

— *Bref, vous allez baiser quoi !* pouffa Skop.

Je lui lançai un regard noir. Hadès fit de même et, cette fois, le petit chien cessa de remuer la queue et baissa les oreilles, penaud.

— Perséphone n'a pas besoin d'un garde ce soir, lui dit Hadès. Tu n'auras qu'à rester avec Hécate.

Hécate soupira et commença à protester, mais le regard autoritaire d'Hadès la fit taire immédiatement.

— *C'est peut-être ma dernière nuit avec Hadès*, dis-je rapidement à Skop. *S'il te plaît...*

— *S'il t'arrive quelque chose, Dionysos me tuera. Au sens propre du terme je veux dire...*

— *Mais il ne peut rien m'arriver. Je serai avec le roi des Enfers. Je ne pourrais pas être mieux protégée...*

— *Ce n'est pas la question. Je ne suis pas censé te quitter, c'est tout...*

Le silence s'abattit sur la pièce, tout le monde comprenant que la situation était délicate.

— Tu peux redevenir un gnome et boire ce truc avec

nous si tu veux. Moi je m'en fiche de te voir à poil ! proposa Sam en tendant un verre à Skop.

— Bon... D'accord, capitula Skop après une seconde d'hésitation. *On dira que c'est exceptionnel*, ajouta-t-il pour moi seule.

Je secouai la tête en le regardant avec un sourire attendri. Un verre d'alcool suffisait donc à le corrompre... Sacré Skop !

— Bonne soirée à tous. À demain ! lançai-je en embrassant mon frère sur la joue.

— Il faut que tu me donnes des informations sur tes chiens, dis-je à Hadès dès que nous fûmes dans ses appartements. Ensuite, je crois que j'enlèverai cette toge dans laquelle tu es incroyablement sexy, ajoutai-je d'une voix grave.

Mais Hadès garda une expression grave et je fronçai les sourcils.

— Qu'est-ce qui ne va pas ?

— Tellement de choses, soupira-t-il, visiblement tendu.

— Dis-moi.

— Je ne peux pas, commença-t-il.

Mais, sans attendre la suite de ce qu'il allait me dire, je lui donnai un coup sur la poitrine et – ignorant la douce sensation de sa peau contre mes mains – je pris mon air le plus agressif.

— Je ne supporte plus ces « Je ne peux pas » et « tu ne dois pas savoir » ! Je ne sais pas si tu as remarqué, mais j'ai tué un démon aujourd'hui. J'ai cessé de te poser des questions sur mon passé, comme tu me l'as demandé, et je fais tout ce que je peux pour embrasser l'avenir qui m'attend. Avec toi. En tant que reine de ces putains d'Enfer ! Alors je t'en supplie, ne me dis pas que je ne peux pas savoir ou que tu ne peux rien me dire ! Sinon je te jure que je ferai tout pour perdre l'épreuve de demain !

Lorsque je cessai de crier, je fus surprise qu'Hadès ne paraisse pas m'en vouloir. Au contraire, il me regardait avec des yeux tendres et un sourire chaleureux qui le rendaient encore plus beau. Tellement beau que je ne résistai pas à l'envie d'aller l'embrasser, doucement et trop brièvement.

— Tu as raison. Je vais te parler... En revanche, si tu continues de m'embrasser, je crains de ne pas pouvoir résister ! murmura-t-il avec un sourire ravageur.

Ses yeux brillaient d'un désir intense, et je dus me forcer pour réussir à me détacher de lui. Il avait raison. Si je laissais mes lèvres sur les siennes une seconde de plus, j'allais arracher sa toge avec les dents.

Nous nous installâmes dans son salon et il prit une longue inspiration avant de commencer. Je me sentais nerveuse... Qu'avait-il de si grave à me dire ? Que pouvait-il y avoir de pire que Cronos voulant m'utiliser pour détruire l'Olympe ? Allait-il enfin me révéler ce que j'avais fait et qui avait causé mon renvoi de l'Olympe ? J'avais envie de savoir et, en même temps, peur de regretter d'avoir demandé.

Je tordais mes mains nerveusement.

— Si tu remportes l'épreuve de demain, tu deviendras ma Reine. Lorsque tu régnais à mes côtés, avant, je partageai tout avec toi. Ce serait donc une folie de ne pas partager ce que je sais avec toi maintenant...

— Je suis contente que tu l'admettes…, dis-je laconiquement.

Il me jeta un regard qui semblait dire « ne pousse pas
trop quand même », puis continua.

— Tu as vu les ténèbres en moi, dit-il. Cette obscurité
vient des âmes qui passent par ici et qui ont péché. Petit à
petit, j'ai perdu ma foi en la vie, et les ténèbres ont pris
racine en moi. Chaque année, le nombre de choses
terribles sur lesquelles je porte un jugement augmente. Le
nombre de pécheurs augmente. Les crimes s'aggravent.
L'avidité et la haine des mortels semblent illimitées et
infinies.

La tristesse qui émanait de lui me gagna et je sentis
ma gorge se nouer. La tension qu'il portait était… *infinie*.
Certes il était éternel mais que pouvait-il espérer à part
faire face, pour l'éternité, à ce qu'il y avait de plus laid
dans le monde ?

— Je suis inquiet, Perséphone, et je ne peux pas dire à
mes frères olympiens ce que je redoute véritablement. Le
monde qu'ils dirigent célèbre la cupidité, illustre
l'égoïsme, encourage la haine. Finalement, les ténèbres
gagneront et je serai englouti par les Enfers.

En l'écoutant, mon cœur battait de plus en plus fort.
Qu'était-il en train d'essayer de me dire ?

— Si Zeus savait à quel point la bête qui est en moi est
forte, il trouverait un nouveau souverain pour régner sur
les Enfers plutôt que de risquer que je perde le contrôle.
Or, il commence à avoir des doutes. Mais même s'il me
remplaçait, je ne pourrais pas partir. Il y a trop de moi-
même ici – je suis désormais façonné à l'image de la
Vierge. Mon lien avec cet endroit est définitif et indes-
tructible.

— Que deviendrais-tu, alors, si tu n'étais plus le maître de ces lieux ?

— La chose que tu as vue en revenant de New York. Pour toujours. Et je serais bien trop puissant pour être libre. Zeus devrait m'emprisonner dans le Tartare.

— Non, murmurai-je, horrifiée. Non... Tu n'y survivrais pas !

— Ce ne serait plus moi.

— Nous ne pouvons pas laisser cela se produire. Nous allons leur faire comprendre, leur faire changer leur façon de gouverner l'Olympe !

— Perséphone, je leur demande depuis des siècles. C'est trop tard. On ne peut rien faire pour rendre ce monde plus agréable.

— Alors ma magie te sauvera ! m'exclamai-je, des larmes coulant maintenant sur mes joues, alors que je repensais à l'extrême violence dont il avait fait preuve lorsque le monstre avait pris le dessus sur lui.

— Peut-être... Ta capacité à nourrir la vie, à partager ta lumière... Cela me guérit. Toi seule est capable de protéger mon âme.

— Hadès, même si je perds et que tu dois épouser cette sorcière, je ferai tout pour te garder en sécurité, murmurai-je.

— Mais Zeus a raison sur le fait que tu ne peux pas vivre ici. Les ténèbres vont finir par éteindre ta lumière. Tu es faite pour t'épanouir dans la nature, pas sous terre, enfermée dans la roche.

Sa douleur était évidente et je le regardai, abasourdie parce qu'il était en train de me dire.

— Alors... Si je reste ici et que je te garde en vie, je meurs ?

— Tu finiras par perdre ton âme, comme tout le

monde ici. Et tu perdras donc aussi le pouvoir de me guérir.

Je fondis en larmes, malgré moi, et Hadès me prit dans ses bras. Contre lui, je fus convaincue que je préférais mourir plutôt que de le voir prisonnier du Tartare.

— Nous trouverons un moyen de lutter contre cette fatalité. Nous trouverons un moyen d'empêcher que le monde soit le théâtre de tant de mal !

Je savais que j'avais l'air naïve, mais cela m'était égal. Je n'avais rien d'autre que mon espoir et ma détermination et j'étais résolue à m'y accrocher de toutes mes forces. Hadès passa une main dans mes cheveux, et sa chaleur m'apaisa.

— Ma reine... Toi et moi avons de nombreux obstacles à surmonter avant d'en arriver là. Tant que tu vivras dans le monde souterrain, près de Cronos, les autres dieux nous mettront des bâtons dans les roues. Ils m'ont demandé de garder le Tartare demain, au lieu de regarder l'épreuve avec eux.

— Quoi ? Mais pourquoi ? m'exclamai-je en me détachant de son étreinte pour le regarder dans les yeux.

— Ils craignent un autre sabotage.

— Mais tu penses que c'est l'un d'entre eux ?

— Peut-être, oui. Poséidon aussi le pense.

— Mais qui, alors ?

— Je ne sais pas. Honnêtement, je ne vois pas de raison pour laquelle l'un d'entre eux voudrait déclencher une guerre ou détruire la Vierge.

Hadès se tut et je poussai un soupir, essayant de maîtriser mes émotions.

— Et si Zeus perdait à nouveau le contrôle ? lui demandai-je.

— J'y ai beaucoup réfléchi, dit-il d'une voix d'acier. Mais il vaut mieux que je te parle d'abord de mes chiens.

Je haussai les sourcils, l'invitant à continuer.

— Cerbère est le plus connu. Je l'ai trouvé dans les profondeurs des Enfers alors qu'il n'était encore qu'un chiot, né de monstres maintenant piégés dans le Tartare. Dans ces premiers jours de solitude, il était mon seul ami.

En imaginant Hadès seul avec son petit chien, je ressentis un élan d'amour et d'affection pour lui, si fort que je faillis l'interrompre pour l'embrasser. Mais je m'abstins et, me tenant bien droite, je l'écoutai attentivement.

— Après Cerbère, j'ai trouvé deux autres chiens, qui ne sont pas aussi dangereux que Cerbère, mais qui peuvent néanmoins tuer. Ils s'appellent Fonax et Oléthros. Quand tu vivais ici, tu as mis deux ans à les apprivoiser. À force de patience, ils ont fini par te faire confiance. Cerbère est celui qui a mis le plus de temps à venir vers toi, mais en fait, c'est lui qui t'aime le plus, me confia-t-il avec un léger sourire. À l'époque, tu avais suffisamment de pouvoir pour survivre aux dangers que ces chiens pouvaient représenter avant que tu ne les apprivoises. J'espère que tu sauras reproduire la même chose...

— J'ai sûrement davantage de chances que Menthé, dis-je avec optimisme. Car ils vont peut-être se souvenir de moi ?

— Pas si sûr... La rivière Léthé est très puissante et elle doit pouvoir effacer la mémoire de chiens de la même manière...

— En parlant de ça, dis-je avec désinvolture, où se trouve cette rivière Léthé ?

— Perséphone, tu ne dois jamais y aller ! Jure-le-moi ! Cela ne t'apporterait que de la douleur.

— As-tu l'intention de me cacher où elle se trouve toute notre vie ? m'agaçai-je.

J'étais hors de moi, car j'aurais aimé qu'Hadès me fasse confiance. Que l'on essaye de lutter ensemble contre la perte inéluctable de nos âmes dans les Enfers. Au lieu de cela, il continuait de vouloir me protéger, alors que cela ne servait à rien !

— Oui. Comme *tu* me l'as demandé, me rappela-t-il.

Je levai les yeux au ciel. Il était tellement têtu... Pendant un bref instant, j'envisageai de lui reparler du jardin de l'Atlas et de l'étranger, mais je savais qu'il désapprouverait et se fermerait. Or, je voulais en savoir plus sur mon passé ; ce n'était donc pas le moment de le froisser. J'avais absolument besoin de savoir ce dont j'avais été capable, dans le passé, pour prendre ma décision de vivre ou non avec lui. Après tout, l'étranger m'avait dit que même Hadès ne connaissait pas toute l'histoire – il y avait donc une chance que je ne sois pas coupable de ce dont les dieux m'accusaient. Mais, pour le savoir, je devais découvrir la vérité.

Mais, avant, je devais survivre aux chiens de l'enfer et remporter l'épreuve.

— Cerbère fait normalement exactement ce que je veux, déclara Hadès. Mais si mon connard de frère perd son contrôle sur lui, il laissera libre cours à son instinct et cherchera à garder mon royaume. Je ne pense pas qu'il attaquera si tu restes éloignée des portes de la Vierge. Les deux autres garderont un autre endroit. Je ne sais malheureusement pas quoi, mais le même principe devrait s'appliquer.

— Okay... Donc, tout ce que j'ai à faire, c'est rester éloignée des portes du royaume et de tout ce que garderont les chiens ?

— Exactement.

— Je devrais pouvoir y arriver !

— Mais cela ne doit pas t'empêcher de gagner !

— Je te le promets. D'ailleurs, tu m'as dit que je pourrais avoir un chat si je gagne ? demandai-je avec un sourire espiègle.

Hadès leva la tête et, pour la première fois, il eut l'air amusé et détendu.

— Seulement si c'est un chat effrayant, à l'image des Enfers !

— Mais tu ne m'avais pas dit ça ! protestai-je en riant. Moi j'en veux un mignon et doux...

— Aucun chat n'est mignon, rétorqua-t-il.

— Ce n'est pas vrai du tout...

— Mouais... Je ne suis pas d'accord. Il va falloir que tu me le prouves...

Je lui souris, m'obligeant à ne pas montrer l'appréhension que j'avais vis-à-vis de ce qui m'attendait. S'il ne pouvait pas regarder l'épreuve, je voulais qu'il ait confiance en moi.

— Aucun problème. Je suis une vraie déesse autoritaire maintenant, au cas où tu ne l'aurais pas remarqué ! lui lançai-je avec un clin d'œil.

Il me regarda avec un sourire, et l'amusement dans ses yeux laissa place à une intensité déchirante.

— Perséphone, murmura-t-il en caressant ma joue. Je refuse de voir ta lumière s'éteindre. Jamais.

— Et je refuse de regarder les ténèbres t'emporter. Ensemble, nous serons assez forts.

Il approcha son visage du mien et posa ses lèvres douces et chaudes sur les miennes. Puis, sans rompre notre baiser, il m'aida à me redresser et me porta jusqu'à la chambre, où il m'assit sur le lit, à côté de lui. Une vague de chaleur s'empara de moi tandis que l'intensité du baiser augmentait. J'avais hâte de ce qui allait arriver...

À bout de souffle, je m'éloignai de lui et me relevai. Puis, l'attirant vers moi, je défis l'attache de sa toge, sur son épaule, et tirai doucement dessus pour le découvrir. Il se laissa faire, me regardant avec un délicieux sourire prédateur.

— Ce n'est pas facile à enlever, tu sais...

— Alors fais-le pour moi. J'ai tellement besoin de sentir ta peau..., susurrai-je. Si c'est la dernière fois que je te vois, je veux te voir nu...

Aussitôt, sa toge disparut dans un scintillement. Mordant ma lèvre, mes yeux tombèrent sur son excitation. *Waouh...*

— À ton tour, souffla-t-il.

Puis je sentis un léger souffle d'air traverser mon corps alors que mes propres vêtements disparaissaient.

Je m'avançai vers lui, et il enroula ses bras étroitement autour de moi alors que nous tombions à la renverse sur le lit, nos lèvres fondues dans un baiser plus passionné que le précédent.

— Je ne pourrai jamais me lasser de toi, lui dis-je alors qu'il se hissa au-dessus de moi.

— Je veux que tu voies ce que je vois, dit-il, les yeux sombres et la voix emplie de désir. Je retirai ma main de ses cheveux et une vigne dorée jaillit de ma paume. Lentement, elle s'enroula autour de son bras musclé et dur, des tatouages représentant des vignes d'or commençant à se répandre sur sa peau, et une vague de chaleur, de désir et d'amour me submergeant.

Pendant un instant, je me vis moi-même, rayonnant d'une lumière scintillante, la peau comme du miel et le visage parfait. J'étais comme un phare dans le noir. Puis je le sentis pousser contre moi, et chaque muscle de mon corps se contracta de désir. La passion, la sienne et la mienne, explosa en moi, entre mes jambes.

— Je t'aime, murmura-t-il, avant de pénétrer à l'intérieur de moi, le plaisir nous emplissant tous les deux à travers la vigne d'or qui nous unissait.

Mais ce n'était pas un plaisir uniquement physique. C'était profond, réel, et vrai. Sentir qu'il me désirait, qu'il m'aimait, qu'il avait *besoin* de moi, était l'aphrodisiaque le plus intense que j'avais jamais vécu. Nos corps se mouvaient ensemble, dans une synchronie, ralentissant lorsque nous nous rapprochions de manière exquise, et accélérant lorsque la passion nous submergeait. Plus que le plaisir, ce qui me faisait fondre était notre amour partagé – cette certitude que nous étions faits l'un pour l'autre.

Le plaisir, la puissance, et le bonheur grandissaient en nous, jusqu'à nous remplir tout entiers. Chaque contact de ses lèvres sur ma peau, son souffle chaud sur mon cou, et ses doigts sur mes hanches et mes seins, intensifiaient la sensation de son sexe entre mes jambes alors qu'il allait et venait en moi. Il n'y eut bientôt plus que lui ; que l'harmonie délicieuse de nos corps en fusion.

Il me tenait fermement tandis que je tremblais contre lui, mes ongles s'enfonçant dans son dos alors qu'il pressait son visage contre le mien.

— Tu es à moi et je suis à toi, soufflai-je dans ses cheveux.

— Toujours, ma reine.

DIX-HUIT

PERSÉPHONE

— Pourquoi est-ce que tu ne peux pas simplement me montrer une carte ? demandai-je à Hécate alors qu'elle essayait de m'expliquer ce qu'était la salle du jugement et à quoi elle ressemblait.

Cela faisait des heures qu'elle essayait de m'expliquer à quoi ressemblaient les principaux monuments des Enfers, mais j'avais toujours autant de mal à me le représenter.

— Pfft, Perséphone, concentre-toi ! Tout dans le monde souterrain bouge tout le temps. Même les rivières sont vivantes. Les seules qui restent immuables sont les monuments dont je suis en train de te parler !

— Morphée conduit et tu seras avec moi, pourquoi ai-je besoin de savoir tout ça ? protestai-je.

Dans n'importe quelle autre circonstance, j'aurais aimé en savoir plus sur la Vierge, mais moins d'une heure avant le début de l'épreuve, j'étais si nerveuse que je ne pouvais plus intégrer aucune information. J'étais si pleine d'énergie que je vibrais presque. Après avoir hésité, j'avais finalement décidé de manger la dernière graine. Contrairement aux fois précédentes, je sentis aussitôt une réelle différence ; une énergie tourbillonnante pulsant dans mes veines et qui me maintenait dans une agitation constante. J'avais presque l'impression que j'avais besoin de faire grandir mon propre corps, de devenir plus grande – il ne s'agissait plus, cette fois, de donner la vie ; c'était un pouvoir de puissance pure.

— Tu dois savoir au cas où quelque chose se produirait ou que tu te perdes…, insista Hécate.

— Je suis désolée, je n'arrive pas à me concentrer. J'ai besoin de faire quelque chose. Et si on s'entraînait ?

— Non ! Tu dois économiser ton énergie !

— Salut ! lança Morphée de l'autre côté de la porte fermée des appartements d'Hécate.

Mon frère gémit, allongé sur l'autre canapé, un oreiller sur la tête.

— Arrête ! le rabrouai-je, tandis qu'Hécate bondissait pour ouvrir la porte.

— Je t'en supplie, guéris ma gueule de bois !

Levant les yeux aux cieux, je cédai et envoyai ma vigne vers lui. Il sursauta de surprise lorsqu'elle s'enroula autour de son poignet mou, puis glapit alors que ma magie se déversa en lui.

— C'est tellement bizarre !

— Oui, mais ça marche, alors arrête de gémir !

La vigne se désintégra alors que Morphée entra dans la pièce, la peau tourbillonnante et brillante.

— Tu es prête ? me demanda-t-il avec enthousiasme. Parce que le char est prêt, lui, et il faudrait que tu le voies avant le début de la course…

Un éclair d'excitation me traversa et je sautai sur mes pieds.

— Absolument !

— Est-ce que je peux venir ? demanda Sam, en retirant l'oreiller de son visage et luttant pour s'asseoir.

— Non ! répondis-je.

Puis, réalisant que mon frère allait être seul, je me tournai vers Hécate, paniquée.

— Putain... Qui va rester avec lui pendant que tu es avec moi ?

— Du calme..., Hédoné s'est portée volontaire.

Je poussai un soupir de soulagement, et regardai Sam.

— Juste au cas où je mourrais, fais-moi un câlin, lui dis-je.

Il se leva en fronçant les sourcils et se jeta à mon cou.

— Tu as laminé ce monstre dans la grotte. Je sais que tu vas très bien t'en sortir..., me rassura-t-il. Une fois que cette épreuve sera terminée, nous parlerons de la suite. D'accord ? ajouta-t-il en me regardant.

— Oui. Je te le promets.

— Super... Parce que j'adore cet endroit, mais j'ai besoin de soleil...

— Je sais, moi aussi, dis-je en le serrant contre moi.

— Bonne chance, Persy, murmura-t-il finalement en m'embrassant sur le dessus de la tête avant de me laisser partir.

Une vague d'appréhension me submergea alors que je me dirigeai vers Hécate, et que nous quittâmes ses appartements, accompagnées de Skop et Morphée.

Nous nous retrouvâmes dans une caverne rocheuse, dans laquelle brillait une lumière artificielle qui donnait l'impression qu'il faisait jour. Au milieu se trouvait un char en bois – il était absolument magnifique. Il ressemblait un peu à ceux que j'avais vus dans mes livres sur la Grèce antique, mais le devant était surélevé et en forme de pointe, comme celui d'un petit bateau. Surtout, le plus étonnant était qu'il n'avait pas de roues. En fait, on aurait dit un bateau coupé en deux, avec une cale plate, et des décorations qui évoquaient la Grèce antique. Il n'y avait pas d'arrière du tout, laissant apparaître le plancher en bois coupé net. Des pointes de deux mètres de long dépassaient de chaque côté, avec, entre chaque, des boules ornées de pics. Elles me rappelèrent le fléau avec lequel j'avais combattu le squelette, lors de la toute première épreuve, et qui était surmonté d'une boule avec des pics similaires à celles-ci. J'espérai avoir un fléau pour cette épreuve également...

— Il est génial, Morphée, sourit Hécate en tournant lentement autour du char. Persy, quoi que tu fasses, reste éloignée de l'arrière – tu risquerais de tomber...

Les yeux écarquillés par la peur, je hochai la tête en silence, même s'il me semblait difficile de rester éloignée de l'arrière tant l'espace était petit pour trois personnes.

— Bon ! On l'emmène sur la ligne de départ ? lança Morphée.

Il semblait aussi excité qu'un enfant recevant un nouveau jouet et je lui en voulus de cela. Pour moi, ce n'était pas un jeu... C'était une question de vie ou de mort ! Mais je savais aussi que, malgré sa légèreté, il était là pour m'aider. Sans lui, je n'aurais jamais pu trouver un char, ni n'aurais eu le temps d'apprendre à le conduire.

— Okay, répondis-je doucement, me forçant à conjurer ma peur.

— À toi l'honneur ! me lança-t-il avec un geste obséquieux m'invitant à monter sur le char la première.

Voilà. Nous y étions... Je tapotai mon poignard dans son fourreau, et passai ma main sur la poche dans laquelle j'avais mis la perle de Poséidon, vérifiant qu'elle était toujours là. J'avais endossé mon corset en cuir aujourd'hui – même s'il limitait mes mouvements, il me protégeait et je sentais que cela allait s'avérer très utile, cette fois. J'avais dégagé mon visage en tressant mes cheveux, et mes bottes étaient parfaitement lacées. Je n'avais plus rien à faire. J'étais prête.

Prenant une profonde inspiration, j'agrippai le côté du char et me hissai à l'intérieur. Morphée monta à son tour, se positionnant à l'avant, là où les côtés en bois se rejoignaient en un pic pointu, comme la proue d'un bateau.

Hécate nous rejoignit et resta derrière moi.

— Accrochez-vous ! sourit-elle.

Aussitôt, le char s'éleva du sol rocailleux.

Je réprimai le cri qui tentait de s'échapper de ma gorge et agrippai fortement le côté en bois. Tout comme les navires planant autour du mont Olympe, le char en forme de bateau volait, uniquement grâce à la puissance de l'esprit. Nous planâmes pendant un moment, avant que Morphée ne se tourne vers moi, sa peau étincelante.

— Prête ?

— Euh..., marmonnai-je, mon pouls s'accélérant et le cœur battant.

Prenant cela pour une réponse positive, Hécate poussa un cri et le char s'élança.

Pendant un moment terrifiant, je crus que nous allions percuter directement le mur de la grotte. Mais, alors que nous nous en approchions, une ouverture se forma dans la roche. Nous passâmes à travers, et je retins mon souffle, découvrant la vue incroyable qui se matérialisa devant nous. L'émotion me submergea en réalisant ce que j'étais en train de voir.

Les Enfers.

Depuis que je vivais dans la Vierge, j'avais été projetée de pièce en pièce et, bien que j'aie vu de nombreux endroits – ma chambre, la salle du trône, la salle d'entraînement, le conservatoire, la salle de bal, la salle du petit déjeuner, et même le Tartare – je n'avais jamais eu une vie d'ensemble du royaume. Les Enfers n'étaient pour moi que cavernes et fosses, mais je n'avais qu'une vague idée de la manière dont tout était relié.

Or, la vue que nous avions alors que nous planions dans les airs avec le char...

C'était comme si nous étions dans une caverne géante, aussi grande qu'une ville et aussi montagneuse que la chaîne des Rocheuses. Nous survolions une rivière de lumière bleue, semblable à la lumière qui émanait d'Hadès lorsqu'il était en proie à une colère divine. La rivière était creusée dans la roche sombre, et il y avait une multitude de sources et de cascades de lumière se déversant le long des pentes pour rejoindre le cours d'eau principal et tumultueux. Sur ma gauche, dominant le paysage, se trouvait une montagne imposante avec, à son sommet, un palais. Le *Palais d'Hadès.* J'étais estomaquée... D'énormes crânes, visibles à des kilomètres, étaient sculptés dans les murs, et des tours et balustrades de style gothique étaient recouvertes de roses épineuses en relief. La pointe du palais dépassait le plafond de la caverne, et je réalisai avec stupeur que ce devait être là où se trouvaient les pièces avec des fenêtres – les pièces qui étaient au-dessus du sol, dont la salle du petit déjeuner.

Au bas du palais courait une bande rougeoyante autour du milieu de la montagne qui était d'une couleur or scintillante. En regardant de plus près vers la lumière, je réalisai qu'il y avait une île flottant juste à côté de la montagne.

— C'est l'Élysée et l'île des Bienheureux. Là où vont les âmes pures, me dit Hécate en s'approchant de moi et en me montrant l'île du doigt.

— Qu'est-ce que ça veut dire ?

Elle éclata de rire.

— La seule façon de voir le paradis est de mourir, alors fais attention à ce que tu souhaites. Là-bas, tu peux voir la rivière de feu, le Phlégéthon, qui descend jusqu'au Tartare, ajouta-t-elle en me montrant un sillon rouge et scintillant au loin. Et là-bas se trouvent les Champs d'Asphodèle et la Salle du Jugement, où les morts viennent pour être jugés.

Je regardai avec une pointe d'appréhension l'endroit qu'elle désignait, en dessous de nous. Un instant, j'eus une sensation de vertige mais, usant de mon pouvoir de guérison, je me stabilisai et forçai mon corps à prendre de la hauteur. Je ne pouvais me permettre d'être faible durant cette épreuve. J'étais une déesse, après tout, et je pouvais – je *devais* – avoir le contrôle sur mon corps. Ma vision se stabilisa au fur et à mesure que je canalisais mon pouvoir, et j'inspirai longuement afin de retrouver toute ma concentration.

Alors je pus regarder au-dessous de moi sans vaciller. Il y avait une immense prairie au milieu de laquelle déambulaient des centaines et des centaines de silhouettes. Bien que nous soyons trop hauts pour distinguer les détails, je ne voyais aucune couleur. Un temple blanc étincelant se trouvait entre la rivière bleue et un autre cours d'eau violet qui finissait par se déverser dans la rivière bleue.

— Quelles sont ces rivières ? demandai-je.

— La grande bleue est le Styx. Elle est la haine et l'honnêteté. La violette est l'Achéron, celle des malheureux.

— Ça fait rêver…, marmonnai-je d'un ton ironique.

— La rivière Cocytus est là-bas aujourd'hui. C'est celle de la lamentation.

Elle me montrait du doigt une rivière verte et rougeoyante qui coulait à travers des monts rocheux de taille inégale, au loin, sur notre droite.

— Et la rivière Léthé ?

Hécate haussa les épaules.

— C'est la plus difficile à trouver.

— De quelle couleur est-elle ?

— Je ne me souviens pas, me sourit Hécate.

Je n'insistai pas. C'était son pouvoir, après tout.

— C'est beau, en tout cas, dis-je en regardant le paysage. Même si c'est un peu sombre.

— Oui. Je trouve aussi. Tu vois là-bas ? C'est l'entrée principale, pour les gens qui ne savent pas se téléporter. C'est cette porte qui est gardée par Cerbère, celle à laquelle le passeur accueille les morts, m'apprit-elle en désignant le sommet de la caverne, à l'extrémité opposée du fleuve Styx, en direction du palais – là où la rivière semblait disparaître dans la roche.

— Et où a lieu la course ?

— Le point de départ est la salle du jugement, dit Morphée sans se retourner.

Nous perdions de la hauteur, en même temps que la

vue spectaculaire, nous rapprochant des sommets sombres.

— Où sont les antres des démons, comme celui de l'Empusa et d'Eurynomos ? demandai-je à Hécate.

— Ils se déplacent, mais ils sont tous cachés dans la roche.

Je baissai les yeux sur la surface sombre et déchiquetée des montagnes qui nous entouraient, frémissant à l'idée qu'elles regorgeaient une multitude de créatures féroces que nous ne pouvions pas voir.

— Comment faites-vous pour savoir où elles sont, alors ?

— Je suis attachée à eux, comme Hadès. Elles sont liées à nous.

— Est-ce que... Seront-elles liées à moi si je devenais la reine des Enfers ?

— Non. Car tu appartiendrais à Hadès, pas à la Vierge.

J'ai repensé à ce qu'Hadès m'avait dit, la veille – qu'il faisait partie de la Vierge ; que lui et les Enfers ne faisaient plus qu'un, désormais. Peut-être qu'Hécate avait tort ? Peut-être que si je me mariais à Hadès, j'épouserais aussi les Enfers ? Car, si je devenais sa reine, pourquoi ne pourrais-je pas dominer à cet endroit ?

Mais le voulais-je vraiment ? Voulais-je vraiment savoir ce qui se cachait dans la roche, dans cet endroit sombre et toxique ? Mais, si cela faisait partie d'Hadès, alors je devais l'embrasser, même si je me sentais à l'opposé de tout cela.

Je sortis de mes pensées en réalisant que le temple blanc se dressait maintenant devant nous. Il était massif, avec au moins trois étages. Comme toutes les salles du trône, il n'avait pas de murs. Les côtés gauche et droit étaient simplement bordés d'une rangée étroite de colonnes soutenant le toit triangulaire, et les deux autres côtés étaient complètement ouverts, permettant à Morphée de faire pénétrer le char à l'intérieur du bâtiment. Nous atterrîmes doucement sur le sol de marbre blanc, et mon regard tomba sur le char à côté duquel nous nous étions arrêtés.

DIX-NEUF

PERSÉPHONE

Le char de Menthé était exactement comme je l'avais imaginé. Alors que le mien était d'un bois d'une teinte riche et naturelle, le sien était peint d'un rouge sombre et agressif. Et alors que le mien était décoré de spirales grecques carrées, le sien arborait un aigle féroce, les ailes de l'oiseau s'étendant de manière intimidante de chaque côté du char, d'où dépassaient de grosses pointes aiguisées comme sur le mien. Mais là où le mien avait des fléaux, le sien avait des cordes lestées de sacs rouges.

Fronçant les sourcils, je descendis du char et me dirigeai vers le temple en marbre. Il y avait des rangées de bancs disposés en gradins le long du côté droit ; faisant face aux douze trônes alignés de l'autre côté. Devant l'estrade des trônes était disposée la grande table à laquelle les trois juges étaient toujours assis lorsqu'ils apparaissaient. Je ne voyais personne d'autre.

— Où est tout le monde ? demandai-je à Morphée et Hécate qui étaient eux aussi descendus du char et marchaient derrière moi.

— Je ne sais pas. Je vais aller voir, dit Morphée en se dirigeant vers l'estrade.

Hécate le suivit.

— Ils t'attendent, résonna la voix de Menthé, sortant de derrière l'un des piliers.

Elle portait une tenue semblable à la mienne, mais d'un cuir d'une riche couleur bordeaux, et ses cheveux tombaient sur ses épaules.

— Ils ne veulent surtout pas commencer sans la starlette humaine, ajouta-t-elle d'une voix ironique et menaçante.

— Sérieusement, tu n'en as pas marre de me parler sur ce ton ? Dois-je te rappeler que je t'ai sauvé la vie ?

— L'immortalité est bien plus importante pour moi que la gratitude dont je te suis redevable, cracha-t-elle. Je n'y suis pour rien si ta conscience t'a interdit de me tuer... Il n'y a qu'une seule chose qui m'intéresse, c'est gagner !

— Avant l'immortalité, c'est un homme que tu vas remporter, lui fis-je remarquer avec colère. Un homme avec un cœur, une âme, des sentiments et...

— Ta gueule, Perséphone ! m'interrompit-elle. Tu n'es peut-être pas capable de me tuer, mais je ne pense pas que tu sois douce et naïve au point de penser que le roi des Morts est capable d'aimer.

La fureur m'envahit et je serrai les dents.

— Tu ne le mérites pas, sifflai-je.

— Faux ! Celle de nous deux qui remportera les épreuves le mérite ; c'est la règle.

— Arrête avec ces épreuves ! m'écriai-je, et mes vignes jaillirent de mes paumes dans sa direction.

Mais des morceaux de roche sombre volèrent entre les colonnes, bousculant mes vignes avant qu'elles ne l'atteignent, me forçant à les ramener à moi.

— Mes pouvoirs appartiennent aux Enfers, dit-elle tandis que les rochers quittaient le temple et passaient devant elle. Pas les tiens, ajouta-t-elle.

Je sentis mes vignes s'affaiblir. Elle avait raison. Je devais l'admettre, même si cela me mettait hors de moi : je n'étais pas à ma place ici.

Ses pouvoirs lui permettaient de faire bouger les montagnes, et elle pouvait faire voler la roche des Enfers comme elle le voulait. Moi, tout ce que je pouvais faire, c'était faire pousser des plantes !

Des plantes qui guérissent l'âme de l'homme que tu aimes. L'homme qui t'aime.

Je m'accrochai à cette voix intérieure et mes vignes se tendirent à nouveau.

— Je ne me laisserai pas harceler, Menthé. Ni par toi, ni par Zeus, ni par personne.

— Je ne suis pas un tyran. Je suis une compétitrice, tout comme toi.

Elle avait raison, c'était une compétition, mais je réalisai qu'elle me défiait. Elle essayait de me faire perdre confiance, de me décourager avant même le début de la course.

C'était un match, et elle était en train de prendre l'avantage. Je devais réagir !

Je ramenai mes vignes et redressai les épaules.

— Bonne chance, alors, dis-je aussi sincèrement que possible.

Elle fronça les sourcils.

— Tu vas perdre, repris-je, mais j'espère que tu survivras. Je pourrais alors me dire que je ne t'ai pas sauvée des griffes de ce démon pour rien...

Menthé pencha la tête vers moi.

— Je ne te dois rien, Perséphone, dit-elle doucement.

Mais je compris au ton de sa voix qu'elle ne le pensait pas.

— Que la meilleure gagne, Menthé, dis-je en suivant mes amis.

～

Morphée et Hécate n'ayant trouvé personne pouvant nous indiquer ce que nous étions censés faire ensuite, je tentai de communiquer par la pensée avec Hadès.

— *Où es-tu ?* lui demandai-je

— *Nous arriverons dans dix minutes,* répondit-il aussitôt. *Égoïste comme il est, mon frère veut que les dieux fassent une entrée spectaculaire.*

Sa voix était tendue.

— *D'accord. À tout à l'heure.*

Je me mordis la lèvre inférieure et hésitai un instant.

— *Je t'aime,* ajoutai-je.

Arès un court silence, il me répondit, toute tension dans sa voix ayant disparu.

— *Je t'aime aussi, ma reine.*

Me retenant de sourire, je dis aux autres que nous devions attendre et nous retournâmes au char. Puis les spectateurs s'installèrent dans les gradins et, en cinq minutes, l'espace fut plein de créatures et d'humains de tailles, de formes et de couleurs de toutes sortes, qui faisait un brouhaha assourdissant.

— Putain de touristes, grommela Hécate. Tu comprends, maintenant, pourquoi Hadès garde cet endroit secret ?

Je la regardai d'un air interrogateur et elle se pencha vers moi, comme pour me confier un secret.

— Si les Enfers deviennent un lieu de divertissement,

plus personne n'aura peur de venir ici. Ces gens-là sont vraiment des putains d'idiots !

Je compris au nombre de fois qu'Hécate prononçait le mot « putain » qu'elle était plus nerveuse qu'elle ne le laissait paraître. Je le compris d'autant mieux que j'étais comme elle : le stress me faisait devenir vulgaire.

— C'est un cyclope ? lui demandai-je en pointant du doigt dans les gradins une femme géante avec un seul œil immense et ambré, et des pointes dépassant de ses cheveux et recouvrant sa tête.

— Oui. On ne les voit pas souvent ; ils sont généralement dans les forges d'Héphaïstos dont le royaume est interdit. Comme le royaume des Enfers devrait l'être, d'ailleurs, ajouta-t-elle en fronçant les sourcils.

Il y eut un éclat de lumière blanche et nous nous tournâmes toutes les deux vers l'estrade. Onze des douze dieux étaient là, apprêtés de manière exceptionnellement grandiose. Tous -y compris Dionysos – portaient la toge et de grandes couronnes. Celle d'Héra était la plus spectaculaire, ornée de plumes de paon, tandis que celle d'Athéna était juste un anneau d'or.

— Bonjour, Olympe ! tonna le commentateur, sa voix résonnant sur les parois des montagnes qui nous entouraient.

Il se tenait à côté de la table des juges et en tournant la tête vers lui, je m'aperçus que les trois juges étaient maintenant là, les yeux rivés sur Menthé et moi.

Une fumée noire apparut soudainement ; la foule retint son souffle, tandis que, devant l'estrade, Hadès prenait sa forme humaine, baignée d'une lumière bleue clignotante. À côté de lui un énorme trident à deux branches, en onyx brillant, se matérialisa, suivi d'un homme mesurant au moins trois mètres de haut et dont le corps était fait de fumée.

— *C'est l'entrée spectaculaire dont tu me parlais ?* dis-je mentalement à Hadès alors que la foule l'acclamait.

— *Ce n'était pas mon idée,* grogna-t- il.

— *Tu as l'air impressionnant,* lui dis-je avec admiration.

Le géant de fumée souleva le trident duquel jaillit une lumière bleue, comme un feu d'artifice. Les acclamations redoublèrent.

— *Impressionnant ? Je suis censé être terrifiant, pas « impressionnant ». Je préfèrerais faire en sorte que toutes les personnes indésirables qui sont ici ressentent leurs pires peurs,* siffla-t-il. *Au lieu de cela, Zeus me transforme en bouffon avec des accessoires et des lumières.*

Ses mots étaient empreints d'amertume et je compris sa colère. Zeus transformait le roi des morts, le seigneur des Enfers, en un spectacle. Surtout, il révélait au monde le royaume qu'Hadès s'était toujours efforcé de maintenir secret.

— *Peut-être faut-il leur donner un avant-goût de ce que tu es capable de faire,* lui suggérai-je.

Sa silhouette de fumée s'immobilisa.

— *Tu crois ?*

— Oui... Juste un peu, sans terroriser personne.

J'entendis un petit rire, puis le froid m'envahit et les acclamations cessèrent brusquement. Je ressentis des picotements dans tout le corps, tandis que l'inconfort et la peur s'infiltrèrent dans mon esprit. Mais ma magie de guérison bondit autour de moi. En une seconde, la peur disparut.

Lorsque tout redevint silencieux, Zeus se leva. Son expression était tendue.

— Merci, frère, pour cet accueil, dit-il laconiquement.

Hadès vacilla et réapparut sur son trône. Sa forme de fumée avait l'air langoureuse et détendue. Je ne savais pas s'il était heureux d'avoir effrayé les gens, ni ce que cela signifiait à son sujet, mais je savais qu'il prenait plaisir à défier Zeus, même s'il devait pour cela faire paniquer quelques spectateurs morbides.

— Merci, Zeus, rétorqua Hadès, d'une voix ondulante et effrayante.

Il avait une voix riche et chaleureuse que je ne lui avais jamais entendue.

— La course se déroule le long du Styx, jusqu'aux portes de la Vierge, reprit-il. Le long du parcours, vous rencontrerez les trois chiens de l'enfer, le dernier étant Cerbère. Chaque chien garde une gemme. Verte pour Perséphone, rouge pour Menthé. La première de vous deux qui récupérera les trois gemmes gagnera la course.

Un énorme frisson me parcourut. Sa voix froide et impassible était si différente, si contraire à ce que je savais qu'il ressentait vraiment. Il avait l'air pour tout le monde de se moquer totalement de qui serait la gagnante. Heureusement, il me rassura.

— *Fais tout pour gagner, ma reine.*

— *Je te le promets.*

— *Je dois partir maintenant. Je serai remplacé par un sosie de fumée pour que la foule ne s'aperçoive pas de mon absence.*

Hécate et Morphée montaient déjà sur le char et deux personnes avaient rejoint Menthé. Je ne pouvais cependant pas le quitter des yeux – je n'avais aucune envie qu'il parte.

— *Okay*, dis-je finalement en remontant sur mon char, les yeux fixés sur sa silhouette de fumée et l'adrénaline se répandant maintenant dans tout mon corps. *Je t'aime.*

— *Je t'aime*, répondit-il.

Puis il partit, me laissant seule avec un sentiment de vide énorme.

— Merde, murmura Hécate à côté de moi, et je détournai les yeux de la fausse silhouette enfumée maintenant sur le trône d'Hadès.

— Qu'est-ce qui ne va pas ? lui demandai-je.

— Ça, dit-elle en désignant le char de Menthé. C'est ça qui ne va pas. Regarde-les, putain !

En découvrant les coéquipiers de Menthé, je fus prise d'une profonde anxiété et j'inspirai profondément pour tenter de me calmer.

La femme à l'avant du char avait l'air d'être centenaire, mais ce que je remarquai surtout c'était sa toge – si transparente qu'elle ne laissait aucune place à l'imagination. L'autre femme sur le char mesurait au moins deux mètres et portait une tenue qui faisait penser à celle de *Wonderwoman*, avec une armure étincelante et une arbalète à la main. Ses cheveux blonds étaient noués sur le dessus de sa tête et les muscles de ses bras et de ses épaules n'avaient rien à envier à ceux de mon frère.

— Qui sont-elles ?

— La femme à l'avant est une Eidolon – un « fantôme » dans votre monde.

— Je pensais que tu contrôlais les fantômes ?

— Ceux d'ici, oui. Pas ceux qui sont libres. Comme elle.

— Et la femme qui ressemble à une culturiste ?

— Certainement une guerrière amazonienne. Mais, généralement, elles ne quittent jamais leur tribu dans le royaume d'Arès. J'imagine qu'elle doit être une paria pour être ici...

J'observai avec attention cette femme à l'air féroce qui examinait maintenant son arme.

— Une guerrière amazonienne ? Y a-t-il quelque chose que l'Olympe n'a pas ?

— Pas vraiment. La plupart de l'histoire de votre monde est basée sur l'Olympe. Ce qu'Athéna a appelé la « mythologie grecque ».

La femme remarqua que je la fixais avant que je ne puisse répondre et me montra les dents.

—Es-tu prête à être transpercée par mes flèches ? cria-t-elle en levant l'arbalète vers moi d'un air menaçant.

Mon instinct me dictait de reculer ou de demander de l'aide à Hécate, mais mon pouvoir de protection prit le dessus sur moi et, malgré moi, je levai les mains dans sa direction.

— Essaie ! criai-je.

Et des vignes noires jaillirent de mes paumes, s'arrêtant juste devant elle puis se rétractant. La femme me scruta en plissant les yeux, mais ne répondit rien et baissa son arme.

— Préserve-toi pour la course, Sanape, lui dit Menthé en posant une main sur son épaule.

Sanape me lança un regard noir, puis se détourna.

— Je suis contente de constater que beaucoup des qualités de l'ancienne Perséphone ont survécu au monde des mortels, dit doucement Hécate. Tu ne peux pas t'en sortir dans l'Olympe sans une bonne dose de courage.

— Tu appelles ça du courage ? Je dirais plutôt que c'est juste la base, ironisa Morphée avec un sourire. Bon, les filles, vous êtes prêtes ?

Je hochai la tête, puis le char s'éleva lentement dans les airs, en même temps que mon estomac se nouait.

Et voilà... Pour la dernière fois, j'allais devoir me battre pour ma vie et le droit d'épouser l'homme que j'aimais –

celui que j'avais toujours aimé, que j'avais inconsciemment attendu toute ma vie.

Le visage d'Hadès emplit mon esprit, me procurant force et courage.

Je sentis mon pouvoir crépiter sous ma peau.

J'allais gagner et devenir sa reine !

VINGT

HADÈS

Ne pas voir Perséphone était une torture. D'autant que si quelque chose de terrible devait lui arriver, je ne pourrais pas l'aider – j'étais lié par les règles des épreuves.

Je grognai en regardant le paysage rocheux, là où je savais qu'elle se trouvait. Peut-être que si les chars montaient assez haut, je pourrais les apercevoir d'ici. Je savais que ce n'était pas possible car j'étais trop loin, mais je m'accrochais néanmoins à cette pensée.

J'étais certain que quelque chose allait se passer. Il n'y avait aucune raison pour que celui qui essayait de punir Perséphone ou d'atteindre Cronos laisse passer sa dernière chance sans réessayer. En pensant à Cronos, je regardai la rivière enflammée qui coulait dans l'embouchure de la grotte menant au Tartare. Là où Perséphone était revenue, pour m'empêcher d'entrer dans le Tartare pendant que les ténèbres me contrôlaient. Là où elle m'avait sauvée.

Un mouvement attira mon attention ; je me figeai, me détendant seulement en réalisant qu'il s'agissait des flammes vacillantes de la rivière Phlégéthon se reflétant contre les parois rocheuses. Je tenais toujours le trident d'onyx, une relique que je n'utilisais plus que rarement. Il m'avait été offert par Héphaïtos, lequel avait réalisé, pour célébrer l'avènement des trois frères aux royaumes du ciel, de la mer et de la terre, un trident pour chacun. Poséidon n'allait presque nulle part sans le sien, mais en ce qui me concernait, je n'avais plus besoin du surcroît de puissance qu'il pouvait me donner.

Sauf aujourd'hui. Si quelqu'un voulait kidnapper Perséphone, il me faudrait l'affronter et j'aurais besoin de toute ma puissance. J'inclinai le trident vers l'entrée de la grotte.

— Tu entends ça, Cronos ? Tu ne mettras pas la main sur elle aujourd'hui, ni n'importe quel autre jour, lançai-je.

Je poussai un soupir de frustration. Être coincé ici était bien une « connerie », pour reprendre le mot que Perséphone prononçait souvent.

— Où est le plaisir là-dedans ? ronronna une voix.

Tenant le trident par les deux mains, je le pointai en un éclair dans la direction de la voix, ma forme se développant rapidement alors qu'une petite silhouette sortait de la grotte. Rien ne devait jamais sortir du Tartare sans ma permission. Le monstre se dressa en moi, la peur et la force me gonflant alors que mon cœur commençait à battre la chamade.

Anchiale sortit complètement de la grotte et me fit une profonde révérence. Ses cheveux roux s'enflammèrent alors qu'elle se redressait et me souriait.

Je sentis mon sang se glacer.

— Comment... Comment t'es-tu échappée ?

Si elle était libre, cela voulait-il dire que...

— Où est Cronos ? demandai-je, sincèrement paniqué.

— Le roi Cronos est sain et sauf, dit-elle. Mon ami n'a pas pu briser ses liens mais il a pu me libérer des miens.

La lumière bleue jaillit autour de moi et le monstre qui était en moi prit de l'ampleur. Anchiale était ancienne ; elle était l'un des Titans les plus puissants. Personne d'autre que moi ne devait pouvoir la libérer du Tartare.

— Qui ? demandai-je. Qui t'a libérée ?

En réalité, je connaissais la réponse, mais je refusais d'y croire. La peur me serrait la poitrine, et je sentais les ténèbres en moi sur le point de se libérer.

— Ce n'est pas important, petit Hadès, dit-elle en gloussant et en grandissant.

En un instant, j'eus l'air tout petit, à côté d'elle et une chaleur si intense m'envahit qu'elle me fit grimacer. Mes yeux se posèrent sur les innombrables rangées de soldats bleus qui m'entouraient, d'autres continuant de se lever de la flaque de lumière bleue coulant vers le sol depuis mon corps.

— Ce qui est important, c'est que dans quelques heures, Cronos, le vrai roi des dieux, sera libre et que ce trou à merde que vous appelez « chez vous » aura disparu.

— Jamais, grognai-je. Moi vivant, Cronos ne sera jamais libre !

— Je crains que tu te trompes, malheureusement, dit-elle avec un sourire moqueur, en inclinant la tête sur le côté d'un air faussement attendri. C'est ta charmante épouse qui doit mourir, pas toi. Tu vivras sans elle, tu seras un monstre insensé obéissant aux ordres de son maître.

— Non ! hurlai-je.

La rage m'aveuglait. L'idée de la mort de Perséphone était trop difficile à supporter. Je ne pouvais pas la perdre.

J'étais prêt à tout pour la garder en vie. Anchiale rejeta la tête en arrière et éclata de rire, des flammes dansant sur sa peau.

— Si, petit seigneur ! lança-t-elle, avant de se jeter sur moi.

VINGT-ET-UN

PERSÉPHONE

— Juste quelques précisions quant aux règles, les amis, et nous pourrons commencer cette course ! annonça le commentateur. Il n'y aura aucune communication mentale autorisée pendant la course. Menthé, suivra les lumières rouges, et Perséphone, les lumières vertes. Restez chacune sur votre parcours ; cela vous évitera d'affronter les deux premiers chiens en même temps. Seules Perséphone et Menthé peuvent obtenir la gemme du chien. Si quelqu'un les aide, l'équipe sera disqualifiée et sévèrement punie. Après Fonax et Oléthros, se trouvera Cerbère. Puis ce sera la ligne d'arrivée !

Une lumière verte dansa subitement devant notre char. Elle plana là un moment, avant de rebondir hors du temple. Une lumière rouge identique fit la même chose devant le char de Menthé.

— Suivre la lumière ! répéta Morphée. Aucun problème !

— Au gong, vous pourrez partir ! déclara le commentateur.

La foule applaudit.

— Allez, Persy !

La voix de mon frère recouvrait le bruit, et je baissai les yeux pour le voir. Lui et Hédoné me faisaient de grands signes depuis le premier rang des gradins.

— Partez ! cria le commentateur, alors que le gong retentit enfin.

Alors, la rage éclata en moi et le pouvoir d'Hadès me gagna, à travers le lien.

— Hécate, haletai-je lorsque le char s'élança vers l'avant, m'agrippant au rebord en bois.

Elle ne m'entendit pas, ma voix étant couverte par le rugissement de la foule, et le ruissellement de l'air alors que nous sortions du temple, planant au-dessus de la rivière bleue scintillante. Une autre vague de peur et de fureur parcourut mon corps, se mêlant à ma propre énergie alimentée par l'adrénaline.

— Salope ! cria Hécate, alors qu'une flèche s'enfonça dans le bois, à quelques centimètres de mes doigts blancs.

— Quelque chose est en train d'arriver à Hadès, hurlai-je, et le char fit une légère embardée alors que Morphée me regardait, le visage anxieux.

— Il peut se débrouiller tout seul, Persy. Maintenant baisse-toi ! me répondit Hécate, ses yeux blanc laiteux et de la lumière bleue jaillissant de ses paumes.

Bouche bée, muette de confusion, je regardais la lumière frapper le char rouge à environ trois mètres de nous. Sanape trébucha, mais garda fermement l'arbalète dans ses mains.

— Accrochez-vous ! cria Morphée, et le char fit une embardée brutale vers la gauche alors que les lumières rouges et vertes devant nous se séparaient brusquement.

Le char de Menthé s'envola vers la droite, et je tombais sur Hécate.

— Il se passe quelque chose de grave, je le sens !

— Il n'y a rien que tu puisses faire d'ici, Persy ! me dit-elle en me saisissant le bras et en me regardant dans les yeux. C'est l'un des êtres les plus forts de l'Olympe. La meilleure chose que tu puisses faire pour lui est de te concentrer sur ta survie et la victoire.

Je hochai la tête. Elle avait raison. Hadès pouvait tout gérer, et rien ne serait pire pour lui – *ou pour moi* – que de perdre les épreuves et que nous ne puissions pas nous retrouver.

Un geyser de liquide bleu jaillit devant le char ; Morphée l'esquiva si violemment que je perdis presque ma prise sur le bord en bois. Réprimant la bile au fond de ma gorge, je resserrai ma prise et me redressai.

Je devais me ressaisir. Mourir serait pire que de perdre.

— Okay. Je suis concentrée, maintenant, déclarai-je d'une voix ferme.

Puis j'inspirai profondément pour essayer de dominer mon vertige.

Ma tresse fouetta mon épaule alors que je me tournai vers l'avant et me concentrai sur ce qui était devant nous. Nous suivions la lumière verte dansant le long d'un étroit embranchement du Styx, et je donnai un rapide coup d'œil vers la lumière rouge au loin, le char de Menthé filant derrière elle au-dessus d'un autre ruisseau bleu du Styx. Les montagnes nous entouraient et, en regardant à nouveau devant nous, je réalisai que la lumière se dépla-çait plus bas, nous forçant à nous rapprocher de la rivière, ce que je trouvai étrange. Maintenant que ma peur du vide était sous contrôle, je savais qu'il était préfé-rable d'être le plus haut possible – car, plus nous descen-dions, et plus les parois rocheuses obscurcissaient notre vue.

La lumière se dirigeait vers quelque chose de sombre, le long de la rivière rougeoyante en contrebas.

C'était une grande crête, et la rivière s'enfonçait dans l'une de ses grottes.

— Je parie que Fonax ou Oléthros sont là-dedans ! me dit Hécate.

— Allons-y, répondis-je, faisant de mon mieux pour conjurer ma peur.

Je retins mon souffle alors que nous entrions dans l'obscurité de la grotte. Immédiatement, le décor me rappela celui que j'avais vu dans le Tartare : tout était éclairé par la lueur de la rivière vacillante, mais cette fois, c'était bleu au lieu d'être rouge. La lumière verte bondissant devant nous filait le long des rives du Styx, et Morphée nous guidait derrière elle.

— Des conseils de dernière minute pour affronter les chiens de l'enfer ? demandai-je à Hécate, mon pouls s'emballant.

— Ne te fais pas manger !

— Super... Merci ! ironisai-je.

Le char plongea soudainement et mon cœur s'arrêta de battre en découvrant une nouvelle couleur émergeant de l'obscurité : le violet. Hécate m'avait dit que la rivière violette était Achéron, celle des malheureux.

— Que se passe-t-il si nous tombons dans une rivière ? demandai-je aussi doucement que possible.

— Le Styx déchiquetterait ta peau en un instant. Il est rempli de la haine de toutes les âmes mortes de l'Olympe et est vraiment toxique.

— Et l'Achéron ?

— Tu serais tellement submergée par la tristesse que tu deviendrais instantanément folle.

— Très tentant..., gémis-je.

— Ne tombe surtout pas dans le Phlégéthon. Je préfère ne pas te dire ce qu'il t'arriverait...

Je frémis, rien qu'en pensant à la rivière enflammée.

— Les filles ! nous appela Morphée par-dessus son épaule.

La lumière verte ralentissait, dérivant vers une île rocheuse située entre les deux rivières. Bientôt, nous fûmes suffisamment proches pour en découvrir les détails malgré l'obscurité.

Une porte barrait l'entrée d'un petit bâtiment d'un étage – une sorte de hutte aussi sale que vieille, construite en pierre usée décolorée. Le toit, fait de paille et de boue, semblait à peine tenir. Mais la porte... Faite de barres de fer entrecroisées, elle brillait de mille feux et ressemblait aux portes d'un palais, grandiose et imposante. La lumière verte se dirigea vers elle, en fit le tour plusieurs fois, puis s'immobilisa quelques mètres au-dessus de la porte. Alors, le char ralentit et nous pûmes l'observer de plus près.

Des objets étaient attachés aux barres de fer. Des centaines d'objets : des bouts de vieux papiers, des tasses, des bijoux, des chiffons, des armes... Toutes sortes de trucs.

— Vous pensez que la gemme verte est quelque part au milieu de tout ça ? chuchotai-je.

L'absence du vent impétueux rendait maintenant l'ambiance étrangement silencieuse, mais un grondement sourd brisa le calme environnant.

— Si c'est le cas, va voir maintenant, avant que...

Hécate s'interrompit tandis qu'un chien deux fois plus grand que moi émergea des ténèbres, de derrière de la porte en fer. Noir de jais, il ressemblait un peu à un lévrier, avec des crocs énormes et une queue en feu.

Je déglutis.

— Oléthros, murmura Hécate.

— Rappelle-moi ce que son nom signifie ?

— Destruction.

— Génial !

Oléthros aboya une fois, et les flammes de sa queue traversèrent son corps souple, des spirales de feu dansant sur sa fourrure lisse.

— Pourquoi tout est-il en feu dans ces putains d'Enfers ?

— Dépêche-toi, Perséphone ! m'encouragea Morphée. Nous sommes dans une course, je te rappelle.

— C'est facile à dire pour toi, marmonnai-je, tandis que mes vignes serpentaient de mes paumes, mon regard toujours fixé sur le chien qui allait et venait devant de la porte. Comment je vais faire pour l'éviter ? me lamentai-je.

— Nous ne pouvons pas t'aider, Persy.

— Okay...

Je pris une profonde inspiration et lançai ma vigne en direction de l'île rocheuse, loin de la porte en fer. Oléthros se figea, ses yeux noirs fixant ma vigne vacillante.

— Bon chien, tentai-je de l'amadouer.

Il s'assit sur son train arrière et baissa les oreilles. Il avait presque l'air calme.

— Voilà... C'est bien ! lui dis-je, faisant de mon mieux pour rester calme.

Mais, d'un seul coup, il bondit. Il fut si rapide que je n'eus pas le temps de déplacer ma vigne hors de son chemin. Il la prit dans sa gueule et secoua la tête. Je poussai un cri, me sentant tirée hors du char.

. . .

En une fraction de seconde, je m'écrasai au sol, juste devant le chien. Aussitôt, je tendis mon autre main, lançant désespérément sur la grille de fer une vigne qui s'enroula autour des barres de fer juste à temps, mon corps rebondissant, comme s'il était sur un élastique, entre le chien de quatre mètres de haut et les portes massives. Oléthros secoua son énorme tête et je réprimai un cri alors que mon épaule se déboîtait. Vainquant la douleur, je désintégrai la vigne que le chien tenait dans sa gueule et en lançait une autre vers la porte, tandis que je me concentrai sur mon épaule pour la guérir.

Mais, à peine eus-je le temps de souffler qu'Oléthros s'élança vers moi en courant. Je m'écrasai contre la porte, mais je n'essayai pas de l'escalader car j'aurais perdu trop de temps. En effet, chaque espace en forme de losange entre les barreaux était aussi long que mes jambes et il m'était difficile de les gravir. Je lançai donc mes vignes en hauteur et, lorsqu'elles s'enroulèrent au sommet de la porte, je les utilisai pour me hisser plus haut. Un quart de seconde plus tard, je sentis Oléthros s'écraser contre la porte, faisant trembler tout le bâtiment. Mon cœur martelait dans ma poitrine, mais l'adrénaline avait aiguisé ma concentration, et je scrutais chaque morceau de ferraille que je passais alors que je montais plus haut.

Après ce qui me sembla être une éternité, je jetai un coup d'œil vers le bas, vérifiant que j'étais hors de portée du chien, avant de ralentir pour m'arrêter un instant. Il sautait et m'aboyait dessus si fort que j'en avais mal à la tête. Heureusement, il ne pouvait pas m'atteindre. J'en profitai pour reprendre mon souffle et scruter la porte, cherchant désespérément quelque chose de vert.

Connaissant le côté vicieux des dieux, je me dis qu'ils avaient dû cacher la gemme vers le bas de la porte, à la portée du chien. Les spirales de feu recouvrant Oléthros devenaient de plus en plus grandes et le malaise me submergea : bientôt, il serait complètement en feu.

Soudain, la lumière qui émanait des flammes du chien éclaira quelque chose de brillant et de coloré. Je regardai de plus près et écarquillai les yeux en découvrant de quoi il s'agissait : un pendentif, attaché à la grille de fer à seulement trois mètres du sol, serti d'une énorme gemme vert émeraude.

D'une main maladroite, je détachai de sa corde l'objet qui était le plus proche de moi, sur ma gauche : un casque de guerrier, avec un panache rouge délavé. Il tomba au sol et, comme je l'avais escompté, il attira immédiatement l'attention du chien. Ses oreilles se dressèrent en entendant le cliquetis et il suivit le casque qui roula loin de la porte.

Je n'avais pas une seconde à perdre ! Utilisant ma vigne, je m'élançai au sol puis courus jusqu'à l'endroit où se trouvait le pendentif. Je grimpai les quelques mètres jusqu'à la porte aussi silencieusement que possible, retenant mon souffle alors que j'atteignais la gemme et tirais frénétiquement sur la corde. Alors que mes mains moites tâtonnaient pour dénouer les nœuds retenant la gemme, j'entendais le chien grogner au loin. Mais j'avais beau essayer, impossible de détacher ce fichu pendentif ! Il me fallait quelque chose pour couper ses liens.

— Quelle conne ! me maudis-je en tirant Faesforos de son fourreau et en coupant la corde en une fraction de seconde.

Le pendentif tomba au sol avant que je ne puisse l'attraper ; sautant au sol, je m'accroupis pour le saisir, l'exaltation me submergeant alors que je le mettais en sécurité autour de mon cou. Lorsque je me relevai, mon cœur se mit à battre violemment.

Puis Oléthros bondit vers moi, enragé. Sans réfléchir, je regardai en direction du char au-dessus de moi, et levai mes paumes, priant de toutes mes forces que mes vignes puissent s'y accrocher. Heureusement, ce fut le cas et, juste au moment où le chien allait presque me rattraper, je tentai de me hisser vers le haut. Mais Oléthros était rapide : il sauta et mordit ma jambe, ses dents acérées comme des rasoirs déchirant le muscle de mon mollet droit. Je criai, une douleur intense irradiant le long de ma jambe, et ma peau devenant dure et froide. Malgré tout, je continuai de me hisser vers le haut, ignorant mon vertige, jusqu'à ce que des mains m'attrapent par les épaules. Hécate me tira à l'intérieur du char, dans un petit espace à peine assez grand pour que je puisse m'asseoir.

— Soigne-toi, rapidement, me dit-elle, car la morsure semble dangereuse.

Je me concentrai, essayant de bloquer la douleur brûlante et attirant mon pouvoir de guérison sur ma jambe. Très vite, ma peau se réchauffa, et la magie apaisante soigna la plaie, provoquant des picotements dans tout mon corps – c'était ma magie qui éliminait les toxines qui auraient pu se propager suite à la morsure.

— Je pense que ça marche, haletai-je.

— Parfait, répondit-elle, se redressant.

Je sentis la force regagner mes membres, l'oppression dans ma poitrine s'atténuer, et les vertiges s'estomper. La dernière fois que j'avais été empoisonnée, je n'avais pas pu me guérir. Mais, maintenant, j'étais forte. Assez forte pour me guérir. *Assez forte pour guérir Hadès.*

— Allons-y, Morphée, dis-je d'une voix forte en me levant lentement.

Je vacillai, mais Hécate me tint par une main et je m'accrochai au bord du char.

— Tu as réussi ! me félicita-t-elle.

Alors, le char s'élança à la poursuite de la petite lumière verte qui brillait dans l'obscurité.

VINGT-DEUX

PERSÉPHONE

Suivant la trajectoire de la lumière verte, nous nous retrouvâmes à voler à travers un ravin au milieu de hautes montagnes, le Styx et l'Achéron coulant côte à côte en dessous de nous.

— Attention ! s'écria Morphée.

Je tournai la tête et aperçus la lumière rouge qui s'approchait rapidement de nous, suivie du char de Menthé. Elle se précipitait vers Oléthros, ce qui signifiait qu'elle avait elle aussi sa première gemme.

Merde !

Mes vignes jaillirent de mes paumes, prêtes, et Hécate leva les mains, ses yeux devenant laiteux, à mesure que le char rouge fonçait sur nous, suivant la lumière rouge qui rejoignait la verte. Les fléaux sur le côté de notre char s'animèrent, tourbillonnant rapidement sur leurs chaînes et s'étendant au-delà des pointes. Mais les sacs rouges au bout des cordes du char de Menthé se levèrent aussi et, tandis qu'une flèche d'arbalète me frôla la tête, les montagnes autour de nous grondaient. Les yeux de Menthé croisèrent les miens alors qu'elle levait les bras, et des pierres jaillirent des sacs de son char. Je me jetai par terre, protégée par la paroi du char, et criai à Morphée de faire la même chose. Il le fit, alors qu'un mur de lumière bleue jaillissait d'Hécate, empêchant près de la moitié de la pluie de pierres tranchantes d'atteindre notre char. Mais l'autre moitié des pierres passa et le char commença à basculer en avant et piqua du nez en direction du sol.

— Morphée ! hurlai-je.

Le char se redressa brusquement, et je basculai en arrière, tombant sur les fesses. Malgré le choc, mes vignes jaillirent de mes mains instinctivement et s'enroulèrent autour du bord en bois du char, me stabilisant.

— Les pierres sont passées, nous rassura Hécate.

— Tu es blessée ? lui demandai-je alors que Morphée et moi nous relevâmes.

— Un peu, dit-elle, touchant un filet de sang brillant d'une étrange couleur argentée coulant le long de sa tempe. Mais ça va guérir. J'ai juste besoin de me concentrer.

— Okay, dis-je.

Puis je me retournai pour voir où était Menthé : elle était loin de nous, à présent, son char semblant tout petit alors qu'elle s'approchait de la grotte d'Oléthros.

— Putain ! grognai-je, cette conne a eu le dessus sur nous...

Morphée réussit à se faufiler entre les geysers de liquide rougeoyant qui jaillissaient des rivières alors que nous suivions la lumière verte et, enfin, nous quittâmes le ravin. Le vent soufflait violemment autour de nous, mais j'eus le souffle coupé par la vue sur le paysage rocheux couvert de ruisseaux rougeoyants : c'était aussi magnifique que surnaturel !

La lumière verte s'élança vers une autre pente raide, et nous la suivîmes jusqu'à ce qu'elle atteigne une longue vire qui formait comme une terrasse sur la paroi rocheuse. Elle ralentit alors brusquement et mon pouls s'accéléra : avions-nous déjà atteint le deuxième chien ?

— Fonax signifie « assoiffé de sang », m'apprit Hécate. Fais très attention, Persy. Il a l'air plus gentil qu'Oléthros mais, crois-moi, il est pire !

J'acquiesçai alors que nous descendions en direction de la vire.

— Si Menthé a réussi à le gérer, je vais y arriver, dis-je avec détermination.

Lorsque Fonax apparut, arpentant le rebord de la vire avec une grâce prédatrice, je fus tétanisée. Il était de couleur gris fumé, large, et beaucoup plus petit qu'Olé-thros, m'arrivant environ à la taille. Tandis que nous approchions de lui, il s'arrêta, levant le museau vers nous. C'est alors que je remarquai que sa gueule dégouli-nait de salive rouge et que ses yeux brillaient d'une couleur écarlate. Puis il émit un grognement rauque et montra ses dents rouge sang en regardant dans notre direction.

— Comment ça, « il a l'air plus gentil qu'Oléthros » ? bredouillai-je. Il a l'air tout aussi méchant !

— Il est plus petit et pas en feu, protesta-t-elle.

— Mais il a les yeux et les dents rouges ! m'exclamai-je. Il est flippant !

— Nous sommes dans une course, Mesdames ! lança Morphée, nous rappelant à l'ordre.

Je serrai la mâchoire et cherchai du regard ce qui, sur la vire, pouvait cacher une gemme. Je repérai un grand anneau de fer sur le sol qui semblait être la poignée d'une trappe.

Décidant de déployer la même tactique que pour Oléthros, je demandai à Morphée d'approcher le char le plus près possible de la trappe sur la vire. Fonax commença à aboyer alors que nous étions à quelques mètres au-dessus de lui, et je fus envahie d'une peur glaciale. Hadès avait dit que ses chiens pouvaient instiller la peur chez les gens mais, s'ils étaient comme lui, je devais pouvoir bloquer les images que m'envoyait Fonax grâce à mon pouvoir. Je me concentrai, utilisant ma magie de guérison pour créer un bouclier autour de ma tête, bloquant ainsi les visions qui n'allaient pas tarder à m'assaillir. Confiante, je fis jaillir mes vignes, puis en jetai une aussi loin que possible de la trappe.

Fonax bondit vers elle, et j'en profitai pour envoyer la vigne de ma main droite sur l'anneau métallique de la trappe. Je retins mon souffle en sautant les trois mètres qui me séparaient de la vire. Malheureusement, j'échouai à utiliser correctement ma vigne pour amortir la chute, et j'atterris en tombant lourdement sur une jambe. Je hurlai lorsque ma cheville se tordit, et je tombai aussitôt, incapable de tenir debout. Attiré par mon cri, Fonax réalisa que je l'avais piégé. Alors, en un clin d'œil, il fit volte-face et courut vers moi. Je tirai aussi fort que je le pus l'anneau de la trappe, à la fois pour l'ouvrir et pour m'aider à me remettre debout. La trappe grinça, mais ne s'ouvrit pas, et je retombai en gémissant, ressentant une vive douleur dans ma jambe gauche.

— Ouvre-toi, putain ! criai-je, tirant de toutes mes forces sur ma vigne verte enroulée autour de l'anneau alors que le chien se rapprochait, ses yeux injectés de sang, brillants et terrifiants.

Enfin, la trappe finit par céder, et je me jetai à l'intérieur sans perdre une seconde, prenant soin de la refermer derrière moi en utilisant ma vigne. Il faisait sombre et c'était terrifiant, mais c'était toujours mieux que d'être la proie de Fonax. En se refermant sur moi, la trappe coupa la vigne qui y était attachée, et je dégringolai dans l'obscurité jusqu'à ce que j'atterrisse sur quelque chose de relativement mou.

Je roulais sur moi-même, essayant de me redresser malgré la douleur. Je n'avais aucune idée de ce sur quoi j'étais tombée, et cette pensée me paniquait.

En déplaçant mes mains avec hésitation autour de moi, alors que j'étais assise sur mes fesses, il me sembla être sur de la terre sablonneuse. Soudain, mes doigts effleurèrent quelque chose de solide et je m'immobilisai. J'avais besoin de lumière... Prudemment, je fis jaillir une vigne d'or de ma paume, espérant que la lueur qu'elle dégagerait suffirait à m'éclairer.

J'avais vu juste ! Je découvris alors que je me trouvais dans un petit espace au sol terreux, et dont le plafond n'était pas très haut, me permettant tout juste de me tenir debout. En orientant la vigne vers le bas, je réalisai que j'avais passé ma main sur une poupée cassée. Il y avait autour d'elle des morceaux de ferraille, à moitié enfouis dans le sable. Immédiatement, je commençai à creuser, espérant trouver la gemme verte malgré la faible lumière que dégageait ma vigne dorée.

Au-dessus de moi, Fonax aboyait et grattait frénétique-ment sur la trappe, essayant de l'ouvrir.

Je creusai plus vite, tout en me concentrant sur ma cheville pour essayer de la guérir. Mais, ce faisant, je défis la protection que j'avais créée autour de ma tête, et des images terrifiantes m'assaillirent aussitôt, emplissant mon esprit de flammes, de cris, et des images de cadavres – les corps de ceux que j'avais tués... Je m'immobilisai, la sueur coulant sur mon front alors que la terreur me gagnait tout entière.

J'envoyai à nouveau mon pouvoir de guérison autour de ma tête, préférant la douleur de ma cheville à la terreur. Si je ne pouvais guérir qu'une chose à la fois, alors, clairement, je préférais me débrouiller avec une cheville cassée...

Lentement, les cris disparurent et mon pouls ralentit légèrement. Reprenant mon souffle, je me mis à genoux et me remis à creuser la terre, tandis que Fonax continuait d'aboyer de gratter au-dessus de moi. Mais j'avais beau jeter la terre sur le côté, je ne voyais rien de vert...

Le chien s'arrêta brusquement de gratter et un craquement menaçant se fit entendre. Je m'arrêtai, jetant un coup d'œil à la trappe. Un deuxième craquement plus impressionnant retentit, et je retins mon souffle alors que la lumière éclaira l'espace.

— Merde !

Je recommençai à creuser la terre aussi vite que possible.

— Allez, allez, allez ! marmonnai-je fébrilement, essayant d'ignorer la pensée qui prenait de plus en plus d'ampleur dans ma tête.

Même si je trouvais cette putain de gemme, je ne voyais pas comment j'allais pouvoir sortir de la trappe et éviter le chien.

～

Lorsqu'enfin je trouvai la pierre verte, incrustée dans un anneau à peine assez grand pour mon doigt, la trappe était presque en lambeaux. Tremblante, je me relevai en mettant la bague sur mon index, ma cheville toujours douloureuse. La sueur coulait dans mon dos, et mon esprit était empli d'idées noires. Je n'avais aucun moyen d'éviter Fonax et de sortir de cet espace. La claustrophobie ajouta à ma panique grandissante, avec l'impression que le plafond bas et l'obscurité m'étouffaient.

Un craquement de la trappe, plus fort que les précédents, me fit sursauter et m'immobiliser, puis un gros morceau de bois tombé dans l'espace, suivi immédiatement par Fonax.

Il brillait, du même rouge que ses yeux et ses dents. Ses oreilles étaient en arrière, ses épaules voûtées et son regard assassin rivé sur moi.

— Euh… Bonjour, bégayai-je en tendant les mains pour me protéger. Bon chien…, murmurai-je.

Il grogna, un liquide noir dégoulinant de ses dents. J'essayai de rentrer en contact avec lui par l'esprit, comme je le faisais pour parler à Skop, mais sans succès.

— Tu ne veux pas me manger, Fonax. Ton maître serait très énervé contre toi si tu fais ça, chuchotai-je alors que le chien s'approchait de moi.

Mes vignes d'or, tourbillonnant autour de moi, devinrent noires, se préparant au combat.

D'un seul coup, Fonax bondit sur moi. Heureusement il lui était impossible de sauter très haut dans cet espace exigu, et mes vignes le frappèrent en pleine poitrine. Je n'étais pas assez emplie de haine ou de colère pour qu'elles le traversent, comme ce fut le cas avec Eurynomos, mais elles le firent néanmoins tituber, et s'enroulèrent autour de ses pattes avant et de sa poitrine.

Il gronda et grogna en luttant pour se libérer, son corps puissant me poussant en arrière dans la terre alors que je me battais pour rester debout. Il s'immobilisa pendant une fraction de seconde, rassembla toutes ses forces, puis se précipita sur moi. Mes vignes réussirent à peine à le retenir, alors que ses dents claquaient contre mon ventre.

— Oh non, non ! gémis-je, sentant son pouvoir commencer à couler le long des vignes et en moi.

Des tatouages noir foncé se répandirent sur sa fourrure, et il hurla en se débattant. Mes vignes noires me procuraient davantage d'énergie, et je résistai mieux au pouvoir du chien de l'enfer.

— Je suis désolé, Fonax, mais je dois gagner, lui dis-je en me frayant un chemin vers la trappe. Je vais juste prendre ce qu'il me faut de ton pouvoir pour pouvoir m'échapper.

Au fur et à mesure que l'énergie sanguinaire du chien coulait en moi, j'avais envie de tout prendre. J'en aurais probablement besoin pour affronter Cerbère. Je sentis Fonax arrêter de se battre, et je regardai dans ses yeux rouges de colère.

Non. C'était les Enfers qui parlaient, pas moi. Je n'avais pas besoin de son pouvoir sombre et vicieux. J'avais le mien.

Lentement, je relâchai une vigne, et l'envoyai vers la trappe. Je la sentis s'enrouler autour de quelque chose de solide, un rocher, et je tirai dessus. Elle tint.

— Je vais te laisser, dis-je, me sentant puissante.

J'avais l'impression de pouvoir conquérir le monde.

Tuer. Sang, mort, tuer.

Les mots ricochèrent dans mon esprit et je secouai la tête.

C'est Fonax, le chien de l'enfer sanguinaire, pas toi, me dis-je fermement.

— Coucher ! ordonnai-je au chien alors que je désintégrai l'autre vigne.

Il n'avait pas assez de pouvoir pour me poursuivre, j'en étais sûre.

J'avais tort. À la seconde où ma vigne disparut, il bondit vers moi, comblant l'écart entre nous en un clin d'œil. Ses mâchoires se refermèrent sur ma cuisse et je hurlai, traversée par la même douleur intense que j'avais ressentie avec Oléthros. Je tirai sur la vigne et mes pieds quittèrent le sol, arrachant ma jambe de la bouche de Fonax et laissant un morceau de ma chair entre ses mâchoires.

La rage brouilla ma vision, la voix dans ma tête maintenant plus forte que mes propres pensées.

Tuer ! Brûler ! Sang !

Me sentant plus forte que jamais, je ressortis par la trappe, ma vigne me traînant le long des rochers, tandis que la douleur estompait la fureur qui me submergeait.

— Persy ! s'exclama joyeusement Hécate en me voyant.

Je jetai un coup d'œil vers le char à quelques mètres de moi, mais je ne voulais pas remonter tout de suite. Je devais d'abord régler mes comptes avec un chien de l'enfer ingrat et meurtrier. Je me mis à genoux, vaguement consciente de l'énorme quantité de sang qui coulait de ma cuisse.

— Persy, arrête le saignement, maintenant !

Je l'ignorai, rampant vers la trappe.

— Perséphone, qu'est-ce que tu fais ? Remonte sur le char ! cria Morphée.

Mais la fureur avait pris le dessus, le pouvoir sanguinaire des Enfers que m'avait transmis Fonax parcourant mon corps.

— Persy, si tu n'arrêtes pas l'hémorragie maintenant, tu vas mourir et Hadès a besoin de toi !

Les mots d'Hécate percèrent enfin le brouillard dans lequel j'étais.

Hadès.

Hadès et Menthé et... La course.

Les épreuves.

Je me retournai, la douleur reprenant le dessus sur la rage et effaçant toutes mes autres pensées.

Guérir.

Je devais me soigner. Fonax était piégé dans l'espace, sous la trappe, et j'avais pris la plus grande partie de son pouvoir. Aussi, lorsque j'envoyai mon pouvoir de guérison sur ma jambe, aucune image terrifiante ne m'assaillit. Puis, lentement, douloureusement, la plaie commença à se refermer.

— Perséphone, tu dois remonter sur le char, on ne peut pas perdre plus de temps, me dit Morphée d'une voix plus calme.

Je regardai vers lui et m'aperçus qu'il avait positionné le char le long de la vire.

— D'accord, balbutiai-je en me hissant sur mes pieds.

Je boitai jusqu'au char, malgré la douleur, essayant d'envoyer autant de pouvoir de guérison que je le pouvais sur ma cuisse.

Lorsque j'atteignis le char, Hécate m'aida à monter à l'intérieur.

— Dis-moi que tu as la gemme..., me supplia-t-elle,

grimaçant en voyant ma jambe alors que j'appuyais mon dos contre le bord du char.

Morphée décolla sans attendre, et je levai la main vers Hécate, lui montrant la bague.

— Oui. J'ai la gemme.

VINGT-TROIS

HADÈS

— Laisse-moi partir ! hurlai-je, pour la centième fois.

Encore une fois, Anchiale leva les yeux au ciel.

— Par tous les dieux, que tu es énervant…, soupira-t-elle. Ce n'est pas ma faute si tu t'es laissé piégé. Essaye au moins d'être digne et d'en assumer les conséquences…

Je fixai le bracelet métallique brillant autour de mon poignet, furieux qu'elle ait réussi à me l'attacher. Si j'avais su qu'elle l'avait, je me serais battu différemment.

— Je sais qui t'a donné ça, sifflai-je.

C'était une menotte forgée par Héphaïstos, et il n'y en avait que trois. Elles pouvaient lier un dieu de presque n'importe quelle force et, en raison de leur pouvoir exceptionnel, n'étaient utilisées que dans des circonstances extrêmes.

Et les seuls dieux auxquels elles étaient destinées étaient les trois plus forts : Zeus, Poséidon et moi-même.

Je secouai mon poignet, versant le peu de pouvoir auquel j'avais encore accès dans le métal, mais la menotte ne bougea pas. Elle était enchaînée à un piquet de fer fixé au sol, m'empêchant de bouger. Je savais que lutter était inutile. J'avais utilisé ma propre menotte pour transporter de puissants prisonniers vers le Tartare, jusqu'à ce qu'il ne soit plus nécessaire de les piéger et de limiter leur pouvoir. Je savais à quel point la magie était incassable. Et je savais que seul l'un de mes frères pouvait l'enlever.

— C'est vrai que c'est assez évident, rétorqua Anchiale, traversant l'anneau de flammes qu'elle avait créé autour de moi.

Je ne pouvais pas survivre au feu sans mon pouvoir. Mon esprit s'emballait, la peur que je ressentais pour Perséphone l'emportant sur tout le reste. J'étais inutile ici.

— Ton frère pitoyable et amoureux de l'eau n'est pas assez fort pour libérer un Titan du Tartare, me sourit Anchiale.

Elle avait raison. Poséidon n'aurait jamais assez de domination sur les Enfers. Mais Zeus...

— Il avait orchestré les épreuves ici pour que je sois obligé de lui céder le contrôle des Enfers. Cela n'avait rien à voir avec le fait de me trouver une femme. C'est pour-quoi il est allé chercher Perséphone.

Elle hocha la tête, ses cheveux flamboyants tombant sur son visage, ses lèvres rouge sang retroussées en un sourire macabre.

— Au fur et à mesure des épreuves, il a gagné de plus en plus de pouvoir et son contrôle s'est étendu. Il est le plus fort de vous tous. Tout ce dont il avait besoin, c'était d'un peu de temps et d'un peu de déférence de ta part. Et de la fille.

— *Je* suis le monde souterrain ! crachai-je. Il ne peut pas me battre dans mon propre royaume !

Elle gloussa.

— Il semblerait qu'il l'ait déjà fait, petit seigneur, dit-elle en désignant mon poignet.

Instinctivement, je fis appel à mon pouvoir, mais je ne parvins qu'à provoquer une bouffée de fureur pathétique courant inutilement à travers moi. J'avais beau essayer, je n'arrivais pas à la transformer en magie.

— Pourquoi Zeus te libérerait-il ? Il te déteste, ainsi que tous les autres Titans.

Je n'arrivais pas à comprendre. Zeus devait pourtant être le dernier Olympien à vouloir que Cronos soit libre ?

— L'ego et la haine sont des émotions puissantes, Hadès. Le monde a oublié à quel point les Titans sont méchants. Ils sont autorisés à intégrer les académies pour apprendre la magie aux côtés des autres citoyens, à travailler et vivre dans les royaumes, et sont traités de la même manière que tout le monde. Et maintenant, pour couronner le tout, vous avez donné à l'un des plus puissants d'entre nous, Océanos, son propre royaume dans l'Olympe...

Je la regardai avec incrédulité.

— Tu es en train de me dire que Zeus libère Cronos pour montrer au monde que les Titans sont des monstres ?

— Il ne pense pas que Cronos parviendra réellement être libéré. Il pense qu'il peut m'utiliser, moi et ta charmante ex-femme, pour faire en sorte que Cronos fasse des ravages, rappelant au monde de quoi les Titans sont capables, afin qu'il puisse sauver la situation et apparaître comme un héros. Alors tous adouberont Zeus, notre puissant roi, se moqua-t-elle avec une révérence. Mais c'est un imbécile, siffla-t-elle en se redressant soudainement. Dès que Cronos mettra la main sur ta petite déesse des fleurs, Zeus ne pourra pas le contenir. Personne ne le pourra !

VINGT-QUATRE

PERSÉPHONE

Morphée garda le cap alors que nous filions le long du Styx, jusqu'aux portes des Enfers et de Cerbère. Ma jambe était encore endolorie, même si la blessure était maintenant complètement refermée et que la perte de sang que j'avais subie était compensée par la puissance que j'avais prise de Fonax. J'entendais la voix qui me commandait de tuer en m'accrochant à l'image du visage d'Hadès, mais plus je pensais à lui, plus je ressentais intensément sa peur à travers le lien, ce qui me rendait à mon tour plus anxieuse, en colère et sensible au pouvoir obscur.

— S'il te plaît, dis-moi que nous y sommes presque ! criai-je par-dessus le vent impétueux.

— C'est juste là-bas, me répondit Hécate en pointant du doigt un trou sombre, au loin, dans le rocher au-dessus de nous, d'où semblait jaillir la rivière bleue lumineuse.

En seulement quelques instants, nous l'atteignîmes, et je serrai les poings alors que nous entrions dans l'obscurité.

Alors que nous volions à l'intérieur d'une longue caverne, je fus abasourdie en regardant autour de moi. La rivière se trouvait maintenant sur notre droite, mais elle était cachée par les murs de la caverne. Ces murs n'étaient pas faits de pierre, ils étaient faits... d'*ailes* ! Mesurant une trentaine de mètres de haut et de long, ces ailes s'étendaient sur toute la longueur de la caverne, des entretoises ressemblant à des nervures les retenant à intervalles réguliers. Elles étaient légèrement transparentes et laissaient apparaître, derrière, d'immenses flammes qui donnaient à l'ensemble une lumière orangée. Alors que nous nous enfoncions dans la caverne, nous ralentîmes, et je vis à quoi les ailes étaient attachées. Au fond de la pièce se trouvait une immense porte de fer constituée de barreaux épais avec, à son sommet, la statue d'un démon dont le dos donnait naissance aux murs en ailes. On aurait dit une gargouille grotesque, avec des crocs, des cornes et une peau en pierre délavée. Je frissonnai.

— Waouh, soufflai-je.

Les portes de l'enfer étaient terrifiantes. Impressionnantes, mais terrifiantes.

— Où est Cerbère ? demandai-je.

À la seconde où je prononçais le nom du chien, un grondement résonna dans l'air. Morphée arrêta le char, à quelques mètres au-dessus du sol.

— Je ne sais pas, mais Menthé est là, en revanche, murmura Hécate en regardant derrière nous.

Me retournant, je vis le char rouge de mon adversaire se précipitant droit sur nous. Lorsqu'elle fut suffisamment près, je m'aperçus que son bras était bandé d'un tissu imbibé de sang. Je savais qu'elle n'avait le pouvoir de guérir ; or, la morsure d'Oléthros était toxique...

— Est-ce que tu vas bien ? lui criai-je, alors que son char ralentissait.

Sanape grogna et pointa son arbalète vers moi, mais Menthé la retint en lui hurlant dessus.

— Ça va, me cria-t-elle en retour. Que la meilleure gagne !

Je lui fis un signe de tête, aussi respectueux que possible, et me retournai vers Hécate qui me lança un regard étrange.

— Rassure-moi : tu veux vraiment gagner, n'est-ce pas ?

— Oui, mais pas en laissant mourir mon adversaire, répondis-je sèchement.

— Sa santé n'est pas ton problème. C'est un avantage pour toi qu'elle soit blessée, et...

Elle fut interrompue par un grognement puissant, et tous mes poils se dressèrent.

— Je veux gagner parce que je le mérite, et pas parce qu'elle va mourir, dis-je doucement, des vignes serpentant de mes paumes. Où est Cerbère ? demandai-je à nouveau, avant qu'elle ne puisse dire quoi que ce soit d'autre sur le sujet.

— Il ne garde généralement pas à l'intérieur des portes, m'informa Hécate. Persy, si tu te fais mordre par lui, tu auras peu de temps pour réagir. Son pouvoir sur la peur est aussi puissant que celui d'Hadès, et cela t'a presque tuée une fois.

— Okay. Je ne le laisserai pas me mordre, tranchai-je.

Mais, en réalité, j'étais terrorisée et je serrai les poings, mes vignes devenant noires.

— Je suis prête ! déclarai-je.

Soudain, une créature traversa les portes de fer, et je me mis aussitôt à trembler.

C'était une combinaison des deux autres chiens, la plus effrayante qui soit. Mesurant environ neuf mètres de haut, son corps sombre était couvert de flammes dansantes. Au niveau de ses épaules, son cou se divisait en trois, et chaque tête – large et hargneuse – possédait des yeux anguleux qui ressemblaient à des pierres précieuses rouge sang, tandis qu'un liquide rouge foncé coulait de ses crocs de toute évidence mortels. Tétanisée par la peur, je n'arrivais pas à quitter la bête des yeux alors même. Les oreilles de Cerbère se dressèrent, et ses trois têtes aboyèrent. Le son me transperça et je plaquai mes mains sur mes oreilles.

Feu, chair, sang...

J'étais en train de me perdre.

— Persy ! me cria Hécate en me rattrapant, alors que mes jambes se dérobaient.

Je me concentrai pour rassembler mon pouvoir et former comme un bouclier magique. Pendant un court instant, il ne se passa rien. Puis, la lumière emplit mes yeux, tandis que le désir de fuir à toutes jambes s'estompait. Je me figeai, et le visage d'Hadès apparut dans mon esprit, féroce et passionné. J'étais ici pour un but précis, et je n'avais d'autre choix que de me battre.

Et de gagner.

— Où est la gemme ? dis-je en soupirant.

Morphée désigna le chien du doigt et mes entrailles se contractèrent à nouveau. Brillant dans la lumière orange, sur une chaîne en argent autour de la tête du milieu de Cerbère, se trouvaient deux pierres précieuses de la taille de mon poing. Une verte et une rouge. Je restai bouche bée, regardant tour à tour Hécate et Morphée.

— Mais je ne vais jamais pouvoir atteindre son cou ! m'exclamai-je. Il est en feu !

Ils me fixèrent tous les deux, les yeux d'Hécate exprimant la compassion.

— Malheureusement, nous ne pouvons pas t'aider, Persy, finit-elle par dire.

— Mais Menthé a un plan, alors tu ferais mieux de trouver quelque chose rapidement, dit Morphée.

En me retournant, je vis l'autre char se diriger vers le chien géant.

Je ne voyais pas comment faire... Je ne pouvais définitivement pas atterrir sur lui ; je prendrais feu instantanément, pensai-je, essayant d'imaginer des scénarios aussi vite que possible. En revanche, au-dessous de lui, je pourrais peut-être utiliser mes vignes pour atteindre la chaîne en argent autour de son cou.

— Descends-moi, demandai-je à Morphée.

Il acquiesça d'un signe de tête et le char atterrit aussitôt sur le sol. Sans perdre de temps, je descendis du char et sprintai vers Cerbère. Il gronda en me voyant approcher, puis sa tête droite se releva brusquement, s'abattant sur le char de Menthé. Profitant de la diversion, je me jetai au sol et rampai. Une énorme tête enflammée s'approcha de moi avec des crocs terrifiants, mais je réussis à me glisser sous sa poitrine massive avant qu'elle ne puisse m'atteindre. La tête aboya à nouveau, si fort que je crus que ma tête allait exploser. Je rampai en me trémoussant sur le dos, regardant le dessous de son corps alors qu'il faisait taper ses pattes griffues autour de moi. Heureusement, il n'y avait pas de flammes sous sa poitrine, et je vis un pendentif sur une chaîne entourant sa cage thoracique volumineuse, rebondissant contre sa fourrure noire. En regardant de plus près, je distinguai l'image d'un crâne, entouré d'une rose. Sans réfléchir, je m'accroupis et tendis la main sur le pendentif. À la seconde où je le saisis, Cerbère se mit à hurler.

C'était un son terrifiant. Jamais je n'avais eu aussi peur

de ma vie, des vagues d'effroi s'abattant contre mon bouclier. Je n'avais qu'une envie : fuir, me cacher, et pleurer. Mais je luttai, faisant de mon mieux pour être plus forte.

Après ce qui sembla être une éternité, les hurlements finirent par cesser. Haletante, je m'avançai le plus doucement possible, essayant de passer sous sa tête pour voir le collier. Je réalisai alors, en sursautant, que le chien n'était plus en feu.

Le pendentif... Avait-il arrêté le feu ? Après réflexion, je changeai de cap, me précipitant vers la queue du chien. S'il n'était pas en feu, je pouvais grimper sur son dos !

Mais Menthé aussi...

M'extirpant de dessous Cerbère, je lançai mes vignes vers la base de sa queue, espérant me hisser ensuite rapidement sur son dos. Sa tête gauche se tourna vers moi, mais elle ne pouvait pas m'atteindre – j'étais trop loin. En revanche, mon estomac se noua lorsque je levai les yeux et vis Menthé, étroitement enroulée autour du cou de sa tête droite. Des larmes striaient son joli visage alors que la tête se débattait, et du sang continuait de couler sous son bandage. Mais elle était plus près du cou que moi. Je devais rattraper mon retard !

En me concentrant sur la tête centrale, je courus le long de l'énorme colonne vertébrale de Cerbère, tendant les bras pour garder l'équilibre à la manière d'un funambule. La seule chose qui me maintenait debout alors que le chien se débattait était ma vitesse. En me jetant au cou du milieu, je glissai ; alors, pour me rattraper, je lançai mes vignes et l'une d'elles s'enroula autour du cou de Cerbère, m'évitant de tomber. Mon corps se balançait entre la tête du milieu et la tête de gauche, tandis que la troisième tête essayait de m'attraper avec des rugissements atroces. Je m'écartai pour rester hors de sa portée, les yeux rivés sur les pierres précieuses qui scintillaient autour du cou de Cerbère, au-dessus de moi. Puis je vis Menthé, sa tête apparaissant au-dessus du cou central, agrippant la chaîne. Elle s'immobilisa en voyant ma vigne, la suivant du regard jusqu'à l'endroit où j'étais suspendue puis, doucement, elle leva sa main tenant un couteau – elle allait couper la vigne. Rapidement, j'en lançai alors une autre autour du cou, lorsqu'une bouffée de souffle chaud et putride m'avertit : la troisième tête s'approchait dangereusement de moi. Je tirai fort sur les deux vignes pour les raccourcir, et je déguerpis juste à temps ! Les mâchoires géantes me manquèrent de quelques centimètres seulement. Cerbère hurla à nouveau, et je grimaçai, épuisée par la douleur et un sentiment de profond désespoir.

Je n'avais que quelques secondes avant que Menthé n'atteigne sa gemme. Mais elle n'avait pas coupé ma vigne. Je levai les yeux vers elle alors que j'attrapais le dessous du cou, et vis qu'elle avait un bras enroulé autour de son visage, l'autre accroché au haut du cou. Je n'étais plus qu'à quelques mètres d'elle, à présent.

Attrapant la peau du coup, j'essayai de la tordre pour atteindre la gemme verte, mais il était plus épais que mon bras et ne bougeait pas. La tête gauche mordait à l'endroit où se trouvait Menthé et je l'entendis gémir : elle ne pouvait pas bloquer la peur comme je le pouvais.

Enfin, je réussis à me hisser sur le haut du cou et à passer de l'autre côté, où je fus plus près de la gemme. Lorsque la tête droite s'abattit sur moi, mue par une poussée d'adrénaline, je lançai une liane noire dessus.

J'y étais presque !

La vigne entra en collision avec la tempe de Cerbère,

puis commença à s'enrouler autour de son oreille. J'aurais pu prendre et m'approprier le pouvoir de Cerbère, mais cela aurait également favorisé Menthé. La seule raison pour laquelle elle n'avait pas encore sa gemme était la peur qui la paralysait. En revanche, je pouvais au moins essayer de distraire l'une des têtes...

Cerbère s'ébroua violemment, tentant de déloger ma vigne et de me faire vaciller, mais je tins bon. À l'aide de mes jambes, je me hissai à côté de Menthé. Elle tremblait mais sa respiration ralentissait.

— Est-ce que tu l'aimes vraiment ? me demanda-t-elle d'une voix faible.

Je me figeai, surprise.

— Oui.

La tête gauche de Cerbère aboya brusquement dans notre direction. Je me déplaçai rapidement, me précipitait vers la gemme verte. Mes doigts se refermèrent autour de la pierre, et je l'arrachai.

VINGT-CINQ

PERSÉPHONE

La lumière bleue clignotante nous enveloppa, puis Cerbère rétrécit. Menthé glapit en même temps que je criais, Morphée me tirant à l'intérieur du char.

— Bravo ! me félicita-t-il, alors que je tombais sur les fesses.

— Que se passe-t-il ? J'ai gagné ?

La lumière qui clignotait autour de moi comme un stroboscope me désorientait totalement. Je regardai dans ma main la gemme verte, énorme et brillante. Avais-je vraiment réussi ? Avais-je vraiment gagné ?

Mais je n'eus pas le temps de réaliser que, déjà, nous nous envolions.

— Morphée, où sommes-nous ? lui demandai-je en me retournant, ma confusion laissant place à la peur. Où est Hécate ?

Morphée manœuvrait à l'avant et, alors que la lumière clignotante disparaissait peu à peu, je réalisais que nous sortions rapidement de la caverne rougeoyante.

D'un bond, je me levai et m'agrippai au rebord du char, laissant tomber la gemme.

— Morphée ! hurlai-je.

Le vent me bousculait alors que nous revenions vers le paysage rocheux, les rivières rougeoyantes serpentant à travers le monde souterrain en dessous de nous.

— Morphée, que se passe-t-il ?

Des vignes noires jaillirent de mes paumes.

— Tu verras dans un instant, répondit-il en criant, sans se retourner.

— Voir quoi ? Où est Hécate ?

— C'était son idée ! Et elle sera plus punie que moi. Nous sommes convenus que moi seul t'emmènerai.

— M'emmener où ?

— À la rivière Léthé.

J'arrivais à peine à y croire. Chaque muscle de mon corps était tendu au paroxysme, alors que je cherchais désespérément dans mon esprit Hadès ou Hécate. En vain ; personne ne répondit.

J'avais passé tellement de temps à essayer de retrouver mes souvenirs... J'aurais dû être contente. Mais, quelque chose m'empêchait de l'être. J'avais réussi à récupérer la gemme gardée par Cerbère et remporté les Épreuves d'Hadès ; j'aurais dû être en train de savourer cette victoire avec Hadès, plutôt que de voler vers le seul endroit où je n'étais pas censée aller !

— Morphée, je ne veux pas aller là-bas ! Je veux voir Hadès.

J'essayai de parler d'une voix calme mais mon angoisse était palpable.

— Tu es allée trop loin, Perséphone. Tu dois aller jusqu'au bout.

— Pourquoi fais-tu ça ? Je veux parler à Hécate !

— Je te l'ai dit, elle retient les autres. C'était son idée.

— Je ne te crois pas.

Hécate ne m'aurait jamais fait une chose pareille. Elle aimait Hadès ; jamais elle n'aurait désobéi à ses ordres...

Nous plongions droit dans un ravin, survolant la rivière violette, puis une couleur jaune – comme celle du soleil – attira mon attention, au loin.

La rivière Léthé.

— Tu ne peux pas me forcer à faire ça, plaidai-je.

— Je ne veux pas te forcer à quoi que ce soit. J'essaie juste de t'aider.

Je pensai un instant à utiliser mes vignes, mais si je l'empêchais de conduire le char, nous nous serions écrasés, et nous mourrions tous les deux. Il était plus sûr de m'enfuir une fois au sol...

À nouveau, je tentai d'entrer en contact avec Hadès ou Hécate, mais aucun d'eux ne me répondit.

Dès que le char toucha les rochers bordant la rivière jaune, je lançai mes vignes sur Morphée. Mais il s'approcha de moi, l'air devant lui se brouillant et dansant devant lui tandis qu'une image se forma. Lorsque je reconnus le visage de mon frère qui semblait endormi, je laissai tomber mes vignes au sol.

— Sam ?

Il se trouvait dans la salle du jugement, mais la foule avait disparu. Seuls mon frère et Skop étaient là – Skop redevenu un gnome nu, avait l'air hors de lui.

— Que se passe-t-il ? demandai-je.

Hédoné entra dans l'image, arborant un air triste.

— C'est un portail, comme les plats à flamme.

— Un de mes dons divins, renchérit Morphée. Le don d'Hédoné lui permet d'envoûter son entourage avec son charme irrésistible. Des hommes comme ton frère et Skop sont des proies particulièrement faciles.

La colère m'envahit et mes vignes s'élevèrent à nouveau, fouettant l'air.

— Je pensais que vous étiez mes amis !

— Je suis désolé, Persy, mais notre cause est plus importante que n'importe lequel d'entre nous. Il doit en être ainsi, me répondit Hédoné à travers le portail.

Elle avait l'air sincèrement triste et je restai perplexe.

— Quelle cause ? Pourquoi faites-vous ça ?

— Les dieux ont besoin de recevoir une leçon. Ils doivent comprendre qu'ils ne peuvent pas traiter les mortels comme des jouets, effacer leurs souvenirs, et les forcer à agir selon leur envie, me dit-elle d'une voix dure.

— Qu'est-ce que ça a à voir avec moi ? Et où est Hécate ?

Hédoné pointa du doigt dans une direction et l'image change, montrant le corps prostré d'Hécate sur le marbre.

— Hécate ! hurlai-je.

Et Hédoné apparut à nouveau dans le portail.

— Ne t'inquiète pas, elle est seulement inconsciente, me rassura Morphée. À ce stade, nous n'avons aucune raison de la tuer.

La fureur bouillonnait en moi, les restes du pouvoir des Enfers que j'avais obtenu de Fonax jaillissant dans mes veines.

— La tuer ? Mais pourquoi ? Vous étiez censés être mes amis, et ceux d'Hécate !

Leur trahison me brisait le cœur et mes yeux se remplirent de larmes, mais je ne pouvais les laisser couler. Je ne devais pas avoir l'air faible. Ils retenaient mes vrais amis et mon frère.

— Ce n'était pas censé se dérouler comme ça, déclara

Morphée. Tout devait être simple, mais tout a mal tourné, me dit Morphée avec regret. Hédoné a implanté le souvenir de ce que tu as fait chez les humains afin qu'ils t'empêchent de récupérer ton pouvoir, mais elle a perdu le contrôle et l'un d'eux s'est présenté avec le phénix, le soir du bal. Nous avons donc changé de tactique et avons décidé de t'envoyer dans le Tartare, mais Hadès t'a sauvée des griffes de Cronos...

J'avais l'impression que de la glace coulait le long de ma colonne vertébrale, ma tête bouillonnant de colère et d'incompréhension.

— Pourquoi ? Pourquoi faites-vous ça ?

— Nous sommes ici, au bord de la rivière Léthé, car Cronos et Hédoné pensent que tu seras plus coopérative si tu connais la vérité. Tu comprendras pourquoi nous devons faire ce que nous faisons – quelle est l'ampleur de notre tâche.

Ses yeux étaient écarquillés, sa peau étincelante de lumière, et il martelait les mots de plus en plus fort.

— Bois ! Bois l'eau de la rivière et restaure tes souvenirs.

— Non ! dis-je avec fermeté.

Pendant des semaines, j'avais espéré et voulu retrouver mon passé perdu, mais pas comme ça. Si mes souvenirs étaient liés à Cronos et à cette bande de maniaques, alors Hadès avait raison, je n'avais rien à faire avec eux.

Morphée soupira.

— Hédoné, ma douce..., lança-t-il d'un air faussement blasé.

Aussitôt, Hédoné leva sa main dans laquelle elle tenait un long poignard qui était jusque-là caché dans les plis de sa robe. Ses yeux étaient remplis d'excuses alors qu'elle le tendait à Sam. Mon frère regarda la lame. L'horreur m'envahit.

— Sam, mon amour, peux-tu s'il te plaît placer la pointe du poignard sur ta poitrine, pour moi ? Tu me rendrais tellement heureuse, dit-elle avec un sourire radieux et une voix douce comme du miel.

Sam lui sourit benoîtement et fit ce qu'elle lui demanda.

— Maintenant, quand je te le dirai, tu devras planter le poignard à l'intérieur de toi. Cela ne te fera pas de mal, tu verras. Ce sera doux...

Le sourire de Sam s'élargit.

— Non ! criai-je en m'avançant vers le portail et en lançant ma vigne en direction du poignard.

Mais l'image scintillait et, en la traversant, ma vigne devint inoffensive. Mon cœur battait si fort qu'il aurait pu exploser, et je ne pus retenir les larmes chaudes qui coulaient sur mes joues. Je regardai Morphée, terrifiée et désespéré de ne pas pouvoir sauver Sam.

— Bois, Perséphone, dit-il. Maintenant !

Lentement, je m'agenouillai au bord de la rivière, l'esprit tourmenté. Hédoné était-elle réellement prête à tuer Sam ? Elle n'avait pas l'air de le vouloir, mais elle semblait déterminée. Je ne pouvais pas prendre le risque...

Je me penchai, mettant mes mains en coupe et les plongeant dans le liquide jaune soleil étincelant. Aussitôt, une première vague de souvenirs me traversa : ma mère me tenant dans ses bras alors que je pleurais, Sam m'aidant à ramasser des livres dans les couloirs de l'école, le professeur Hetz et les jardins botaniques, mon appartement...

Avec une profonde inspiration, je sortis mes mains tremblantes hors de la rivière, l'eau s'égouttant lentement du creux de mes mains.

— Je ne veux pas faire ça, essayai-je une fois de plus de plaider en levant les yeux vers Morphée.

Il secoua lentement la tête.

— Ce n'est ni à toi ni à moi de décider, Perséphone. Cela nous dépasse tous deux. Bois !

J'avais la chair de poule. Je fermai les yeux et portai mes mains en coupe à mon visage.

Puis je bus.

— Perséphone, comment peux-tu être la meilleure reine qui soit pour Hadès si tu ne connais pas correctement les Enfers ?

Je clignai des yeux en entendant la voix, et me retournai d'un seul coup. J'étais dans une salle à manger qui ressemblait presque point par point à la salle du petit déjeuner du palais d'Hadès. Je me figeai en me voyant, assise à une table avec un homme dont je ne pouvais pas voir le visage. Ce n'était pas Hadès, j'en étais sûre. Je portais une robe corsetée noire, et mes cheveux étaient aussi blancs qu'ils l'étaient maintenant, mais j'avais l'air plus jeune.

— Je me suis liée d'amitié avec les chiens maintenant ! Et je connais presque toute la Vierge. Mais pas les endroits vraiment dangereux, déclara mon jeune moi, assise à la table en face de l'homme.

— Si tu veux vraiment aider Hadès, ce sont justement

les endroits les plus dangereux de son royaume que tu dois comprendre, déclara l'homme.

Sa voix m'était familière et je m'approchai prudemment.

— Je comprends, dit lentement mon jeune moi. Tu sais, je lui ai plusieurs fois demandé de m'emmener au Tartare. Mais il refuse chaque fois.

— Tu es une reine, Perséphone. Tu peux agir de ton propre chef. Et d'après mon expérience, il vaut mieux demander pardon que la permission.

Je reconnus finalement l'espièglerie arrogante de sa voix et soupirai en faisant le tour de la table.

Zeus !

Il ressemblait peu à ce qu'il était maintenant, mais ses yeux violets étaient les mêmes.

— Je suppose que tu as raison, dit mon jeune moi, la voix remplie d'excitation juvénile. Si tu penses que je peux aider Hadès à mieux gouverner, alors je le ferai. Il comprendra, j'en suis sûre. J'emmènerai Cerbère avec moi, juste au cas où...

L'image devant moi tourbillonna et, après une secousse, je me retrouvai à l'embouchure de la grotte, devant le Tartare – la rivière enflammée brûlant à côté de moi. Mon moi plus jeune penchait la tête devant l'obscurité avec, à côté d'elle, Cerbère, qui mesurait trois mètres de haut et avait des spirales de feu tourbillonnantes qui jaillissaient de sa fourrure. Les trois têtes regardèrent mon moi plus jeune, puis la plus proche d'elle la prit par l'épaule avant de se retourner, essayant de l'éloigner de la grotte. Cerbère ne voulait pas que j'entre.

— Ne sois pas stupide, Cerbère. Je suis la reine des Enfers ; tout le monde là-bas doit m'obéir, dit mon jeune moi au chien.

Cerbère gémit mais, résigné, se tourna vers la grotte, la queue baissée.

L'image devant moi tourbillonna à nouveau, et je me vis cette fois dans le Tartare. Ixion faisait tournoyer sa roue enflammée au-dessus de nous, et je regardai mon jeune moi qui se tenait devant une masse tourbillonnante de lumière et d'ombre. Cerbère grognait – d'un grognement profond et effrayant – mais une voix le noya.

— Je te promets, ma reine, j'ai été mal jugé. Zeus, le roi des dieux en personne, s'est assuré qu'Hadès soit trompé et j'ai été envoyé ici pour l'éternité. Je suis un dieu de la lumière, et être piégé ici, dans le noir, est un tourment terrible à endurer.

La nausée me souleva le cœur alors que je reconnus la voix. C'était celle de l'étranger du jardin de l'Atlas.

— Pourquoi devrais-je te croire ? demanda mon moi plus jeune.

La masse de lumière s'agrandit.

— Parce que je dis la vérité. Je le jure.

— Hmmm... Tu sais, je peux le découvrir moi-même, dit mon plus jeune moi en levant les mains, des vignes jaillissant de ses paumes. Je peux goûter à ton pouvoir, découvrir exactement quel genre de dieu tu es, dit-elle avec assurance.

— Non..., murmurai-je.

En atteignant la masse, les vignes de mon jeune moi devinrent noires, et une vague de puissance se répandit dans la caverne d'un rouge profond. Mon plus jeune moi haleta, tombant à genoux, et Cerbère hurla – longuement et fortement – tandis que la masse grandit encore davantage et que la voix reprit la parole.

— Tu peux prendre mon pouvoir, mais tu ne peux pas le contenir ! déclara la voix avec satisfaction.

Mon plus jeune moi gémit, puis un éclat bleu vif illumina toute la caverne alors qu'une colonne de puissance pure et ardente s'écrasa dans la masse, arrachant les vignes qui s'y trouvaient. Hadès, enfumé, bleu, et énorme, souleva mon plus jeune moi, et la scène se brouilla.

— C'est trop, s'écria mon plus jeune moi dans les bras d'Hadès.

Nous étions dans une toute petite pièce rocheuse, à peine éclairée autour de nous.

— Laisse-le sortir. C'est sécurisé, ici : nous sommes loin sous terre, déclara Hadès, son visage marqué par la douleur.

— Je ne peux pas. Je ne peux pas ! Si je lâche prise, son pouvoir sera libre.

— Non, tu n'en as pris qu'un tout petit peu, dit-il d'une voix rassurante. Laisse-le partir maintenant, avant qu'il ne te tue.

À ses mots, le corps de mon plus jeune moi commença à briller d'un rouge sang profond et, avec un cri d'agonie, des vagues de puissance jaillirent de sa peau. Elles s'écrasèrent contre le rocher, et je vis la peur traverser le visage d'Hadès alors que les murs commençaient à s'effondrer. Il resserra sa prise et flasha à nouveau, puis nous planâmes dans le ciel au-dessus de l'océan et des îles parsemées de bleu.

Je regardais les royaumes de l'Olympe. Puis, dans un autre flash, nous nous retrouvâmes plus bas, plusieurs petits dômes flottant à la surface de l'océan. On aurait dit les dômes du Verseau, mais ils étaient au-dessus de la surface de l'eau, et non en dessous.

Je sentis la bile monter au fond de ma gorge alors qu'une montagne rocheuse jaillit des vagues, à moins d'un kilomètre de l'un des dômes. Elle grandissait, grandissait, et un cri d'effroi m'échappa lorsque je réalisai ce que c'était. Du rouge et du noir bouillonnaient au sommet, et une explosion assourdissante résonna.

C'était un volcan.

Le visage d'Hadès était livide alors qu'il planait dans le ciel, des vagues d'énergie rouge s'échappant toujours du corps de mon jeune moi, serré dans ses bras. La lave jaillit du volcan, et je me sentis défaillir en la regardant retomber et couler sur les trois dômes les plus proches. Je pleurai alors que des cris commençaient à se faire entendre. J'étais désespérée, voulais me détourner de ce spectacle horrible, mais je ne le pouvais pas. Les gens tombaient en courant dans les rues, le liquide enflammé les poursuivant, ne leur laissant aucune chance de lui échapper. Les bâtiments s'effondrèrent sous le poids de la lave, écrasant les personnes en fuite.

Un nouveau cri perça mes oreilles. Je détournai mes yeux des dômes et vis mon jeune moi hurler dans les bras d'Hadès. Les vagues de puissance rouge s'étaient arrêtées et son regard, *mon regard,* était fixé sur la mort et la destruction qui régnaient en dessous.

— Laisse-moi aider ! Nous devons aider ! criait-elle.

J'étouffai un sanglot : j'avais créé un volcan et causé la mort de centaines d'innocents.

PERSÉPHONE

L'image se brouilla mais cette fois, pour mon plus grand soulagement, je ne fus pas projetée dans une autre scène d'horreur mais ramenée sur les rives de la rivière Léthé, Morphée se tenant debout à côté de moi, toujours à genoux.

— Trois des dômes au-dessus de la surface ont été détruits et deux en dessous ont été fissurés et inondés lorsque le volcan s'est élevé du fond de la mer, déclara-t-il d'une voix douce.

J'éclatais en sanglots, les larmes brûlantes brouillant ma vision et la bile me brûlant la gorge.

— Je les ai tués. C'est pour ça que Poséidon me déteste...

— Tu n'es pas responsable de leur mort. Tout est la faute de Zeus. C'est lui qui t'a envoyée là-bas, en espérant que tu mourrais.

— Pourquoi ? demandai-je en clignant des yeux.

— Parce qu'il détestait qu'Hadès soit heureux. L'ego de Zeus est surdimensionné à un point que tu ne peux imaginer. Tu rendais Hadès plus fort que lui, et il ne pouvait pas le supporter.

— Comment sais-tu tout cela ?

— Grâce à Cronos. Il l'a vu en toi lorsque tu t'es connectée avec lui.

— Vous l'avez laissé me parler. Dans mes rêves, murmurai-je, peinant à réaliser qui se cachait réellement derrière la voix du jardin de l'Atlas.

— Oui. Je ne peux pas le libérer moi-même, mais je peux lui donner accès aux humains, par l'intermédiaire de leurs rêves.

— Le jardin de l'Atlas... C'est toi qui l'as créé ?

— Non. C'est Cronos. Il n'est pas ce que le monde fait de lui. Il est fort et beau, et est un bon souverain, bien meilleur que Zeus. C'est pour cela qu'il fallait connaître la vérité.

— Mais pour le libérer, tu as besoin que je meure..., dis-je en luttant pour me relever.

— Oui. Mais maintenant tu comprends pourquoi. Si nous ne le faisons pas, Zeus détruira l'Olympe, et tout ce qui s'y trouve, pour prouver son pouvoir au monde.

— Je ne comprends pas...

Mettant de côté mon chagrin et mon dégoût, je tentai de réfléchir posément à la situation.

— Où est Hadès ? Il devrait être ici. Il aurait dû ressentir ma douleur à travers le lien... Et comment as-tu pu m'envoyer au Tartare, la dernière fois ? Seul Hadès est censé pouvoir le faire. Il pensait qu'un Olympien était impliqué...

— Et il avait raison. J'ai beau être puissant et vivre dans la Vierge, je ne peux parler à Cronos que dans mes rêves. Je ne peux pas entrer dans le Tartare, encore moins y envoyer quelqu'un d'autre. Mais le dieu le plus puissant de l'Olympe le peut, une fois qu'Hadès lui aura cédé un certain contrôle.

— Quoi ? Mais cela n'a aucun sens ! Pourquoi est-ce que...

Morphée m'interrompit avec un rire vicieux.

— Perséphone, Zeus est un fou dangereux ! Sa haine des Titans n'est plus partagée ; les citoyens de l'Olympe commencent à les accepter. Il veut rappeler au monde à quel point ils sont dangereux en laissant sortir Cronos, et intervenir ensuite pour avoir apparaître comme le sauveur. Il veut être adoré. Malheureusement, il sous-estime la puissance de Cronos qui est bien supérieure à la sienne. Il a trop vite oublié la guerre ; son opinion exagérée de lui-même est maintenant tellement faussée que réalité et fantasme se sont confondus. Il m'a approché peu de temps après ton bannissement, alors que je m'inquiétais pour Hadès qui n'était plus que l'ombre de lui-même. Zeus m'a demandé de surveiller Cronos, au cas où Hadès négligerait de le faire, et j'ai accepté, espérant soutenir mon roi. Or, j'ai en fait découvert que Cronos n'était pas celui que je pensais. Il était juste et sage – le parfait opposé de Zeus. Aussi, lorsque Zeus m'a demandé de l'aider avec ce nouveau plan, j'ai accepté, car je souhaite que Cronos soit à la place de Zeus. J'ai dit à Cronos ce que Zeus avait prévu et, encore maintenant, Zeus continue de croire que je travaille pour lui. Son ego est tellement grand qu'il est incapable d'imaginer le contraire.

En écoutant Morphée, j'étais accablée par la peur et l'incrédulité. *Zeus était derrière tout ça. Le seul dieu plus puissant qu'Hadès.*

— Où est Hadès ?

— Il est avec un ami en ce moment. Mais ne t'inquiète pas, Cronos a une proposition à te faire...

— Pourquoi fais-tu ça ? Qu'as-tu à y gagner ?

— J'aime l'Olympe, Perséphone. Zeus doit disparaître, pour le bien du monde. Hadès ne te l'a peut-être pas dit, mais les Enfers voient arriver des personnes de plus en plus cruelles chaque année – une conséquence de la perversion de la société. Cronos rendra le monde meilleur. Et tu es sur le point de le rencontrer.

Protester était inutile. Morphée me regarda remonter sur le char. Avec Sam, Hécate et Skop à sa merci, il savait que je ferais ce qu'il me demandait.

D'ailleurs, je savais qu'ils mourraient quoi qu'il en soit si Cronos mettait son pouvoir en moi et que j'explosais comme une bombe. Je devais faire quelque chose, mais mes efforts désespérés pour trouver une solution restaient vains. Si Zeus avait distrait les autres dieux, ou s'il les avait convaincus que tout allait bien, et qu'Hadès était piégé quelque part, alors personne ne viendrait me chercher. J'étais seule.

Je prêtai à peine attention aux Enfers en dessous de nous, trop concentrée à essayer de trouver un plan pour éviter la mort de tous ceux que j'aimais. La rivière enflammée apparut – mon pouls s'accéléra et mon estomac se noua alors que nous commencions à descendre.

— Ah... Voilà Hadès, m'annonça Morphée depuis l'avant du char.

Notre lien s'enflammait et, alors que je me penchai sur

le char pour l'apercevoir, je sentis mes entrailles me brûler.

Un peu après la caverne qui menait au Tartare, sur un morceau de roche nu et inégal, se trouvait un anneau enflammé d'environ six mètres de diamètre. En son centre, agenouillé, se trouvait Hadès. Il tourna son visage vers le mien et son émotion me traversa si violemment que je faillis tomber.

Il était effrayé. Et furieux.

Désespérément, je tentai d'entrer en contact avec lui dans mon esprit, mais je ne pouvais pas l'entendre – il était trop loin. Aucune lumière bleue ne l'entourait, et son trident noir, à côté de lui, était complètement inutile. Quelque chose l'avait privé de son pouvoir. Alors que le char planait au-dessus de lui, Anchiale sortit du feu et, inclinant la tête vers moi, elle me fit un petit signe du doigt. La rage et la frustration m'envahirent.

Il est immortel. Ils peuvent le piéger, mais ils ne peuvent pas le tuer.

Je m'accrochai à cette pensée, me répétant les mots encore et encore pendant que nous descendions. Mais, bientôt, Hadès et la sorcière de feu disparurent de notre vue, et la douleur me submergea à nouveau, mes émotions se mêlant à celles d'Hadès alors que nous nous perdions de vue.

Morphée arrêta le char à l'entrée de la grotte qui menait au Tartare et se tourna vers moi.

— Vas-y, ma reine. Cronos t'attend.

— Seul Hadès, et apparemment maintenant Zeus, peuvent entrer ou sortir du Tartare, dis-je en refusant de bouger.

— Tu vas découvrir que le vainqueur des épreuves

d'Hadès et la future reine des Enfers a également ce privilège, me sourit-il.

Merde. Qu'est-ce que je peux faire ?

L'adrénaline traversait mon corps, m'aidant à me concentrer, mais aussi à rassembler mon pouvoir à l'intérieur de moi – ce qui était exactement ce que je ne voulais pas. Mon pouvoir ne pouvait pas m'aider dans ce cas précis ; il risquait même de me tuer, ainsi que tous les habitants de la Vierge. Et si Cronos était aussi dangereux qu'Hadès me l'avait dit – ce que semblait confirmer sa réputation – c'était peut-être tout l'Olympe qui disparaîtrait à cause de moi.

— Je n'aurais pas dû manger ces putains de graines ! criai-je.

Morphée me regarda avec condescendance.

— Il est trop tard pour les regrets, Perséphone. Tu vas mourir en martyr. Pour tous, tu seras la petite déesse qui a sauvé le monde des mains d'un fou.

— C'est toi le fou !

— Ah, je vois qu'une fois le choc passé, ta nature refait surface, ricana-t-il. Je te recommande d'être plus polie avec le roi Cronos.

— C'est Hadès ton roi, sale traître ! grondai-je.

— Plus pour longtemps. Maintenant, vas-y.

Je le fixai du regard, le désespoir et la fureur bouillonnant en moi. Puis, avec un sifflement, je levai mon bras et le giflai aussi fort que je pus au visage.

— Tu es une honte pour les Enfers, crachai-je, avant de descendre du char.

Je rejoignis la caverne sans me retourner. J'espérai que Morphée ne punirait pas mon frère ni mes amis pour mon comportement, mais je n'avais pas pu m'en empêcher.

Les flammes orange de la rivière projetaient des

ombres vacillantes sur les parois de la grotte, et je marchais vite. La dernière fois que j'étais venue ici, Hadès avait succombé au monstre à l'intérieur de lui, et avait failli entrer dans le Tartare pour se battre contre la pire créature des Enfers.

Peut-être aurais-je dû le laisser faire ? Il aurait peut-être tué Cronos ? Je savais au fond de moi que ce n'était pas possible. Hadès m'avait décrit Cronos comme invincible – il était immortel, incapable d'être détruit. Les souvenirs de ma dernière visite au Tartare me revinrent alors à l'esprit : l'obscurité totale, les hurlements des âmes torturées, la peur sans fin. La panique menaçait de m'engloutir, les ténèbres brouillant ma vision, mais je me concentrai sur Hadès et repris le dessus.

Je devais être forte. Je devais trouver un moyen d'échapper à tout cela...

Je m'arrêtai à l'embouchure du Tartare, priant en fermant les yeux.

Faites que je ne puisse pas entrer, faites que je ne puisse pas entrer !

Malheureusement, ma prière fut vaine et je pénétrai dans l'obscurité sans accroc. Tremblante, je pris une profonde inspiration et m'engouffrai complètement. L'obscurité était aussi terrifiante que dans mon souvenir mais, cette fois, je sentais le pouvoir abonder en moi, bloquant la peur et les odeurs. En revanche, je ne pouvais pas bloquer les cris, et je les entendais, stridents et terrifiants, alors que j'avançais prudemment, le long de la rivière enflammée. Dans un éclair, Ixion apparut soudain au-dessus de moi, hurlant. Je ravalai mon appréhension et continuai d'avancer. Je ne pouvais compter que sur moi-même, et je n'avais d'autre choix que d'être forte. Je voulais montrer à Cronos la déesse que je savais être en moi – pas une fille naïve ni une femme terrifiée.

Il allait rencontrer la reine des Enfers.

— Cronos ! hurlai-je, rassemblant tout mon courage.

Les flammes de la rivière rugirent et un grondement profond secoua le sol. Une rangée de grandes chaises s'éclaira soudain à ma droite et un homme assis sur l'une d'elles poussa un cri en me voyant.

— Aidez-moi, s'il vous plaît ! me supplia-t-il.

Je reculai en voyant les restes de chair et de sang collés aux chaises vides. Puis l'homme et les chaises se fondirent dans l'obscurité avant que je ne puisse dire ou faire quoi que ce soit.

— Cronos, je suis là ! criai-je encore.

Le grondement se fit plus fort, puis la masse de lumière que j'avais vue dans mes souvenirs, sur les rives de la rivière Léthé, apparut devant moi. Des ombres entrelacées dans une lumière blanche, tournoyant dans une danse envoûtante.

— Petite déesse, dit Cronos.

Puis un homme émergea de la lumière. Il était si beau que j'en eus le souffle coupé. Ses yeux, ses cheveux et ses sourcils étaient faits de ce qui ressemblait à la lumière du jour. Il n'était pas effrayant ; il était... *magnifique* !

Il tendit ses mains brillantes de lumière vers moi.

— Je ne te libérerai pas, m'étranglai-je, sa lumière se réverbérant dans mes yeux.

— J'aurais tellement aimé que tu n'aies pas à mourir, que tu règnes à mes côtés.

La voix calme et apaisante à laquelle j'avais appris à faire confiance dans le jardin de l'Atlas me submergea, et je m'accrochai à ma colère, refusant de me laisser amadouer.

— Je ne te libérerai pas, répétai-je. Tu ne peux pas m'obliger à utiliser mes vignes.

— C'est vraiment, vraiment dommage de perdre une reine aussi belle que toi. Mais les impératifs du monde l'imposent. Ils sont supérieurs aux nôtres.

— Tu as été emprisonné ici pour une raison, et tu resteras ici, insistai-je.

Je souhaitai désespérément pouvoir grandir, comme Hadès et les autres dieux le pouvaient. Car, devant Cronos, je me sentais minuscule. Bien que son corps physique soit à peine plus grand que le mien, sa présence était immense, comme s'il était la lumière même. En fait, il était davantage un élément qu'un être.

— Petite déesse, j'ai une offre à te soumettre. Je me suis attaché à toi, et je préférerais faire cela avec ton accord – ce sera moins douloureux.

Mes mains tremblaient alors que je le fixais. Il n'avait pas peur de moi. Mes paroles n'avaient aucun effet sur lui.

Putain, comme je vais faire, bordel ?!

— Tu ne peux pas me forcer à utiliser mes vignes, répétai-je. Si je dois rester debout devant toi comme ça pour toujours, je le ferai.

— Si tu coopères avec moi, je laisserai la vie sauve à Hadès, et le libérerai de ses obligations envers les Enfers, déclara Cronos. Je libérerai son âme de cet endroit, et il vivra enfin la vie dont il a toujours rêvé.

J'étais figée, ne sachant plus quoi penser ni quoi faire.

VINGT-SEPT

HADÈS

Je devais entrer en contact avec elle.

Cronos était l'être le plus fort qui existait encore dans l'Olympe, et seul mon pouvoir sur le Tartare pouvait me permettre de le dominer. Perséphone, elle, n'avait aucune chance.

La fureur m'envahit, ma tête résonnant de douleur.

— Tu vas payer pour ça, Anchiale ! Quand j'aurai récupéré mes pouvoirs, tu paieras, je le jure ! hurlai-je.

Elle s'éloigna des flammes en secouant la tête.

— Hadès, tu ne récupéreras pas tes pouvoirs, espèce de crétin. Au contraire, tu vas être consumé par eux.

— Et si je te proposais un marché ? tentai-je. Si je te donnais plus qu'il ne le peut ?

Elle éclata de rire.

— Plus que Cronos ? Je t'en prie... Tu es beaucoup moins fort que lui. Qu'est-ce que tu pourrais bien...

Elle s'interrompit brusquement, grimaçant alors qu'un petit éclair de lumière s'étirait derrière elle. Je plissai les yeux, luttant pour me relever alors qu'une poudre bordeaux chatoyante apparut de nulle part, arrosant tout son corps. Un sourire lent et radieux se dessina sur son visage, puis elle gloussa.

— Vous êtes six, marmonna-t-elle avant de s'effondrer au sol.

— Qu'est-ce que..., commençai-je.

Mais je m'interrompis en apercevant un petit gnome nu courir vers moi.

— Skop ?

— Hédoné pensait qu'elle m'avait charmé, mais bien qu'elle soit sexy comme l'enfer, je suis immunisé contre de tels pouvoirs, me confia-t-il en parlant à toute vitesse.

Je lui tendis la menotte, reprenant espoir.

— Il faut mettre mon trident dans le trou de la serrure, dis-je d'un ton pressant.

Le trident ne pouvait être manié que par moi, mais il pouvait au moins l'approcher de moi.

— Je lui ai fait croire que j'avais succombé et qu'elle me contrôlait, mais j'ai tout dit à Dionysos en secret. Il ne pouvait pas m'envoyer dans le Tartare avec Perséphone, alors il m'a envoyé vers toi à la place. Armé de poudre de vin, mais ça ne durera pas longtemps. Anchiale reviendra à elle dans cinq minutes.

— C'est Zeus qui est derrière tout cela, dis-je au kobalos, alors qu'il traînait le trident vers moi.

Il devait peser au moins trois fois son poids, et son visage barbu était tordu par l'effort. Mais nous y étions presque, et une énergie nouvelle me gagna.

— Dionysos a compris quand je lui ai dit que tu n'étais pas vraiment avec Perséphone. Zeus a emmené les autres dieux dans le Lion pour *vous laisser seuls.* Je crois que Dionysos et Poséidon sont maintenant en train de le confronter.

Il posa le Trident à mes pieds et je m'accroupis pour le ramasser d'une main.

— Aide-moi ! le pressai-je.

Ensemble, nous réussîmes à mettre la pointe du Trident dans la menotte et, avec un rugissement, je l'enfonçai dans le métal. Alors, dans un grand craquement, la menotte s'ouvrit.

Enfin libre, le pouvoir inonda mon corps, le monstre s'éveillant en moi, chauffé à blanc. Il hurlait dans ma poitrine, prêt à éradiquer tout ce qui me séparait de ma reine.

VINGT-HUIT

PERSÉPHONE

Si Cronos pouvait libérer Hadès, le libérer de son obligation éternelle, et le laisser vivre comme il le voulait vraiment, cela valait bien ma mort...

Et si tu pouvais l'arrêter ? Ne cède pas ! me cria la petite voix combative à l'intérieur de moi.

En pensant à Hadès consumé par les ténèbres, mon cœur se serra. L'idée qu'il soit piégé dans le Tartare, transformé en une machine de violence insensée, m'était insupportable.

Je sentis à peine les vignes jaillir de mes paumes.

Comme des aimants, elles se précipitèrent vers Cronos.

— Attendez ! criai-je.

Mais c'était trop tard – c'était comme si je n'avais plus le contrôle sur elles. Un sourire s'étala lentement sur le visage de Cronos alors qu'elles l'atteignaient, et la tempête de lumière autour de lui se teinta d'orange foncé.

— Il semble que tu as fait ton choix, Perséphone.

— Non, non ! Je n'avais pas encore décidé !

— Ton pouvoir a parlé pour ton cœur, petite déesse. Tu ferais n'importe quoi pour lui.

Mes vignes s'enroulèrent autour de ses bras et je me concentrai de toutes mes forces pour qu'elles restent vertes. Si elles devenaient noires, elles prendraient son pouvoir. La sueur coulait dans mon dos alors que je me concentrais.

— Mais j'ai menti, reprit-il en me regardant droit dans les yeux. Hadès est mon gardien depuis très, très longtemps. Tu croyais vraiment que je n'allais pas le remercier pour tout ce qu'il a fait pour moi ? Une fois que tu l'auras détruit, je reconstruirai le Tartare, et ce sera bien pire que ce qu'il est actuellement. Les Olympiens ont peu d'imagination quand il s'agit de torturer. Et Hadès passera au moins aussi longtemps que moi dans les ténèbres.

La fureur faisait rage en moi. Je brûlai du besoin de le protéger.

— C'est contre Zeus que tu es en colère, pas contre Hadès ! plaidai-je.

Je sentais mon pouvoir grandir, l'image du visage d'Hadès alimentant ma force, comme toujours. Je ne pouvais pas le laisser vivre cette vie. Je devais faire quelque chose.

Mes vignes semblèrent d'accord avec moi car, d'un coup, elles devinrent noires.

— Non !

Cronos laissa échapper un long soupir et ferma les yeux alors que des tatouages noirs commençaient à se répandre sur ses épaules.

— Non ! hurlais-je à nouveau, essayant désespérément de désintégrer les vignes.

Mais c'était comme si elles étaient collées à lui. Il était trop fort.

Finalement, le pouvoir de Cronos que je recevais par l'intermédiaire de mes vignes me frappa, et tout s'arrêta.

Le temps lui-même s'arrêta alors que le pouvoir me consumait. C'était si intense que je ne comprenais plus rien. En quelques secondes, je me sentis accablée, noyée dans l'infini ; tourbillonnant à travers une masse de lumière et d'ombre sans fin.

— Perséphone !

Cette voix... Je connaissais cette voix. Cette voix était pour moi la chose la plus importante au monde. Je m'y accrochai, le vortex vertigineux dans lequel j'étais prisonnière ralentissant.

C'est Hadès.

En revenant à la réalité, je vis Hadès, imposant et furieux, un canon de lumière bleue battant inutilement mes vignes. Des légions de soldats bleus grimpaient sur la forme en expansion de Cronos, mais ce dernier ne réagissait pas. Il restait les bras grands ouverts, des tatouages de vignes noires continuant de couvrir son corps.

— Perséphone, arrête les vignes ! Je ne peux pas t'emmener ailleurs tant que tu es connectée à lui ! rugit Hadès.

Mais j'étais incapable de parler, submergée par la puissance qui me coupait le souffle, tandis que des images de mondes enfouis dans mon imagination défilant devant moi.

— Persy ! Persy ! Dis-moi comment je peux t'aider !

Skop.

Je reconnus la voix de Skop.

— Vénère-moi !

J'étais vaguement consciente que les mots sortaient de ma bouche, et que les yeux d'Hadès étaient rivés sur les miens, remplis de terreur alors que la lumière bleue continuait d'émaner de lui et de se propager sur Cronos.

— L'Olympe va connaître la vraie peur. Le vrai pouvoir. La vraie mort ! tonna ma voix.

Arrête !

Je luttais contre moi-même, mais la petite voix dans ma tête – celle qui m'appartenait réellement – était trop faible, trop calme, trop timide. Cronos prenait le dessus et son pouvoir me remplissait, brûlant tout sur son passage.

La douleur, qui s'était d'abord noyée dans le torrent d'émotion et de pouvoir que j'avais ressenti au début, prenait maintenant de l'ampleur, et une agonie brûlante explosa soudainement dans ma tête.

Je hurlai.

Hadès fut alors terrassé par le désespoir, et ses yeux argentés devinrent noirs. Le monstre prenait le dessus.

— Tu arrives trop tard, Hadès ! lui dit Cronos d'un ton qui n'était plus du tout ni calme ni apaisant. Je suis faible, ce qui signifie qu'elle a déjà presque tous mes pouvoirs.

Ma tête tournait ; une tempête faisait rage en moi.

— Jamais ! beugla Hadès, levant son trident noir brillant.

Je ne voyais que l'un et l'autre, ma vision brouillée par l'agonie et le flot d'images qui se déversaient dans mon esprit, se mêlant avec la réalité.

Suffoquant, je commençai à tomber à genoux lorsqu'-Hadès abattit son trident sur mes vignes avec un rugissement. Je ressentis alors la réaction de Cronos avant qu'elle ne se produise : la colère monumentale d'Hadès eut enfin raison de son contrôle sur moi – à peine, mais ce fut suffisant.

À la seconde où je sentis l'attraction magnétique que Cronos exerçait sur moi s'affaiblir, je pus désintégrer les vignes. Lorsqu'elles disparurent enfin, je basculai en avant mais, au lieu de tomber sur le sol rocheux, je tombai dans les bras d'Hadès.

Puis tout devint blanc, et Cronos hurla.

VINGT-NEUF

PERSÉPHONE

J'essayai de reprendre mon souffle, alors qu'un son horrible résonna dans mes oreilles, mes entrailles se tordant de douleur, et une chaleur incandescente brûlant dans mes veines.

— Perséphone...

Je réalisai que c'était la voix d'Hadès. Doucement, je tournai les yeux vers son visage, luttant contre la force de mon pouvoir. J'étais allongée dans ses bras.

— Où sommes-nous ? murmurai-je, regardant le terrain vague autour de nous.

— À la surface, me dit-il, des larmes coulant sur son beau visage.

— Tu dois m'emmener quelque part où je ne peux tuer personne, lui dis-je, la panique provoquant une nouvelle vague de douleur qui m'envahit.

— Utilise tes vignes d'or. Donne-moi le pouvoir, dit Hadès en caressant ma joue.

— Est-ce que ça va te tuer ?

— Non, ne t'inquiète pas, me rassura-t-il.

Mais je savais au désespoir dans ses yeux qu'il mentait.

— Si je te donne le pouvoir, tu seras rempli de ténèbres, protestai-je.

Il ne répondit rien et je savais que j'avais raison. Lui donner le pouvoir de Cronos lui ferait perdre son âme aussi sûrement que si Cronos s'était libéré.

— Mon âme n'a pas d'importance, souffla-t-il. Tout ce que je veux, c'est que tu vives...

Il posa son visage contre le mien et une autre vague de puissance infinie me fit tressaillir, tandis que je sentais la pression monter en moi, terriblement douloureuse. Je ne pouvais pas la contenir. Je savais que je ne pouvais pas. J'étais sur le point de mourir. Et je n'avais pas le droit d'entraîner la Vierge, ni Hadès, avec moi.

— Je t'aime, susurrai-je.

Alors, à ma grande surprise, la tempête qui ravageait mon esprit laissa place à un calme aussi absolu qu'inattendu.

— Je suis contente de t'avoir trouvé, ajoutai-je.

D'autres larmes coulaient sur le visage d'Hadès, son souffle chaud caressant ma joue alors qu'il m'embrassait le visage, encore et encore.

— Je t'en prie, Perséphone, donne-moi le pouvoir.

Je glissai ma main engourdie dans ma poche et la refermai autour de la perle de Poséidon. Puis je posai mon autre main sur la joue humide d'Hadès.

— Ne laisse pas le monstre gagner. Jamais. Tu es plus fort que lui, ne l'oublie pas...

— Perséphone, je t'aime. Je t'en supplie... Tu ne peux pas me laisser !

Je l'attirai à moi, pressant mes lèvres contre les siennes pour la dernière fois. Puis j'écrasai la perle dans ma main.

L'eau glacée de l'océan nous submergea, et Hadès cria de surprise. Je me relevai, la vue brouillée et le corps engourdi, découvrant Bello qui hennit à côté de moi. Comme je l'avais espéré, il n'était plus un hippocampe. Il était un cheval *ailé* !

— Je t'aime. Tu dois me laisser faire ça, dis-je en regardant le visage angoissé d'Hadès.

— Je t'aime aussi, s'étrangla-t-il alors que je montai maladroitement sur le dos de Bello.

Aussitôt, le cheval partit au galop, puis ses immenses ailes se tendirent, et nous nous élançâmes dans le ciel. La douleur était de plus en plus vive, et je m'agrippai à sa crinière de toutes mes forces tandis que nous montions plus haut.

— Quand je te le dirai, tu devras partir, Bello, murmurai-je au cheval qui acquiesça en hennissant bruyamment.

Poséidon m'avait dit qu'il pouvait rester hors d'eau pendant cinq minutes. Or, pour m'assurer de ne tuer personne lorsque le pouvoir me vaincrait, je devais être aussi haut que possible, aussi loin de tout et de tout le monde dans l'Olympe que possible.

Nous prîmes de plus en plus d'altitude et, lorsqu'-Hadès ne fut plus qu'un petit point sur les rochers en dessous, et que la pression à l'intérieur de moi devint si douloureuse que je ne pus plus la supporter, je lâchai prise. Je lâchai Buddy, je lâchai le pouvoir, je *me* lâchai. Complètement.

Une clarté que je n'avais jamais connue s'abattit alors sur moi lorsque le cheval disparut, et je planai, en apesanteur, suspendue dans le temps et l'espace. Je regardai autour de moi, bouche bée, alors que la douleur avait disparu. Une masse tourbillonnante de lumière et d'ombre m'entourait et, dans un sursaut, je réalisai que le pouvoir ne m'avait pas encore quittée.

Pendant les quelques instants avant qu'il ne m'accable, suspendue dans le temps, le pouvoir m'appartenait. J'avais une magie et une force inégalées. Et alors qu'il brillait et tourbillonnait autour de moi, je compris.

Tout n'est pas noir.

Le jour et la nuit, la lumière et l'obscurité – tout n'était que complémentarité.

Les mots d'Hadès résonnaient comme une musique douce dans mon esprit.

Tu ne pourrais pas briller dans l'obscurité.

Mais à quoi servait une lumière vive, si elle n'éclairait pas l'obscurité ? L'une ne pouvait exister sans l'autre. L'une n'avait aucun sens sans l'autre. La lumière était destinée à vivre avec l'obscurité.

Alors, je sus ce que je devais faire. Je le sus avec une certitude absolue. Je devais éclairer l'obscurité.

Des vignes dorées jaillirent de mes paumes et, alors que je commençais à tomber dans les airs, je les dirigeai vers la surface de la Vierge. Elles percutèrent le sol et j'entendis Hadès crier par-dessus le vent impétueux, alors que je tirais le maximum de lumière possible de la puissance de Cronos et la canalisais dans le rocher. La vie éclata en moi, se précipitant dans mon corps, et je me concentrai sur le visage d'Hadès, sur l'amour, la lumière, et la croissance.

Puis je sentis l'obscurité tout autour de moi, à l'intérieur de moi, changer. Les ombres dans la masse tourbillonnante s'éloignaient, laissant place à la lumière. Les torrents de pouvoir qui s'étaient abattus sur moi coulaient maintenant à travers moi et dans mes vignes dorées, comme une rivière de vie. Alors que je m'approchais de la surface, le vert envahissait ma vision floue.

Trop tard, je réalisai que j'allais toucher le sol et, mes vignes étant reliées à la terre, je ne pouvais pas les utiliser pour amortir ma chute. Mais, à ma grande surprise, je ne tombais pas sur de la roche mais sur quelque chose de doux et moelleux. J'étais sur un coussin de lumière bleue et, alors qu'il atterrissait doucement au sol, Hadès courut vers moi, les yeux emplis de peur. Je canalisai le peu de pouvoir qui me restait pour lui parler.

— Une lumière aussi brillante a été faite pour l'obscurité, dis-je aussi fort que possible. Les deux sont complémentaires.

Lorsqu'il m'atteignit, mes vignes se désintégrèrent et il me prit dans ses bras, m'embrassant si fort que je pouvais à peine respirer.

— Tu es vivante, explosa-t-il entre deux baisers.

Une exaltation explosa en moi et, alors que les restes du pouvoir divin me quittaient, mes propres émotions reprirent le dessus.

Je suis en vie. Et lui aussi.

— Nous sommes tous les deux vivants ! haletai-je, l'embrassant en retour, tout aussi fort.

Puis il me reposa sur mes pieds, me regardant dans les yeux comme s'il n'avait jamais rien vu d'aussi fascinant.

J'avais réussi : je nous avais sauvés ! J'avais canalisé cet immense pouvoir en quelque chose de bon et de léger. Je ne l'avais pas laissé me submerger. J'avais été assez forte pour nous sauver. Étourdie par l'incrédulité, je me raccrochai aux yeux d'Hadès. Si j'avais réellement rempli son royaume de lumière, alors il y avait une chance pour nous. Une *vraie* chance.

— Je t'aime. Je t'aime tellement. Regarde ce que tu as

fait de cet endroit, dit-il en m'agrippant les épaules et en me retournant lentement.

Nous étions debout dans une clairière, des saules s'agitant doucement dans une douce brise. Des oiseaux piaillaient tout autour de nous, et des papillons volaient entre les fleurs qui jonchaient les prés d'herbe luxuriante.

— Est-ce que c'est partout comme ça ? demandai-je, estomaquée.

Je n'en revenais pas...

Hadès tira mon dos contre sa poitrine, enroulant ses énormes bras autour de moi, puis une lumière blanche clignota autour de nous. Nous planions, haut dans le ciel, là où j'avais été avec Bello quelques instants auparavant. La roche avait totalement disparu, recouverte de ruisseaux qui serpentaient à travers le paysage, d'arbres de tous types et de toutes tailles, et de fleurs de toutes les couleurs. Au loin, une immense forêt ornait une vallée couverte de verdure et sillonnée de cours d'eau finissant en cascade.

Hadès nous téléporta à nouveau dans la clairière, et je me tournai dans ses bras, le regardant dans les yeux.

— Et nous sommes toujours dans le royaume de la Vierge... Tu peux donc vivre ici ? lui demandai-je, pleine d'espoir.

Il arqua les sourcils, puis ferma les yeux, et je sentis son pouvoir m'envahir.

— Nous sommes loin de l'obscurité, là où mon pouvoir est le plus nécessaire, mais... tu as raison, c'est toujours la Vierge. C'est toujours *mon* royaume, me répondit-il en souriant, rouvrant les yeux. Alors, oui. Oui, je pense que je peux vivre ici.

— Nous pouvons vivre ici, à la surface de la terre, la moitié du temps ! Ce sera une manière de nous reposer des ténèbres, même si tu continues de contrôler les Enfers !

L'exaltation me faisait parler rapidement, d'une voix haut perchée.

Nous pouvions être ensemble. Nous allions vivre en sécurité, ensemble, dans l'union de la lumière et de l'obscurité que nous représentions.

Il glissa sa main dans mes cheveux, passant son pouce le long de ma joue.

— Perséphone, tu... Tu me complètes. Tu me rends fort. Tu me rends entier. Tu nous as sauvés, murmura-t-il.

Le bonheur m'envahit, et je sentis une boule dans ma gorge alors que je soutenais son regard.

— Je t'aime, dit-il enfin.

Sa voix était la plus douce et la plus sensuelle que j'aie jamais entendue.

— Tant mieux, murmurai-je en laissant couler les larmes de joie alors que je me tenais sur la pointe des pieds pour l'embrasser, puisque je suis ta nouvelle reine...

TRENTE

PERSÉPHONE

Alors que je réalisais ce que mes mots voulaient dire, la panique m'envahit. L'épreuve... Morphée !

— Sam et Hécate ! Hédoné les garde en otage ! Nous devons arrêter Morphée !

Nous avions peut-être survécu et Cronos était peut-être toujours piégé dans le Tartare, mais ce n'était pas encore terminé. La culpabilité me submergea alors que les souvenirs que j'avais découverts à la rivière Léthé me revinrent à l'esprit.

Le volcan. Zeus. Mon frère et Hécate.

Le visage d'Hadès s'assombrit et le monde s'éclaira autour de nous.

Dans la salle du jugement, je restai bouche bée face à la scène devant moi, mon corps et mon cerveau surchargés de puissance ne parvenant pas à imprégner ce qui était en train de se passer.

— Persy ! s'écria mon frère en courant vers moi, et me prenant dans ses bras. Dieu merci, tu vas bien !

Je le serrai contre moi en regardant par-dessus son épaule.

Morphée et Hédoné étaient attachés avec des chaînes faites d'une sorte de métal incandescent, et ils étaient tous les deux assis sur le char rouge de Menthé. Kérato et deux autres gardes avaient des lances pointées sur eux, et Morphée me lançait un regard noir.

Menthé et Sanape se tenaient à proximité, couvertes de sang. L'esprit qui avait conduit leur char semblait soigner leurs blessures.

— Qu'est-il arrivé ? haletai-je, alors que Sam me lâchait. Où est Hécate ?

— Je suis là, dit-elle derrière nous.

Je me retournai, soulagée de la voir saine et sauve alors qu'elle avançait à grands pas.

— Je suis désolée, patron, déclara-t-elle. Elle m'a assommée.

Elle baissa les yeux lorsqu'elle fut devant Hadès.

— Ils ont même réussi à me menotter, alors je suis bien mal placé pour te faire des reproches, la rassura-t-il.

— Ils vous ont menotté ? s'exclama Hécate. Zeus est vraiment un putain de connard ! Je jure que si...

— Qui a capturé Morphée ? l'interrompit Hadès.

— Menthé, répondit mon frère. C'était assez incroyable en fait.

— C'est vrai, c'est à elle que nous devons la vie, confirma Hécate. Demande-lui comment elle a fait, car Sam et moi n'étions pas là et n'y sommes pour rien.

— Menthé ? appela Hadès.

La nymphe des montagnes nous regarda d'un air hagard. Je jetai un rapide coup d'œil à Hadès, puis je me précipitai vers elle, mes lianes d'or serpentant de mes paumes avant que je ne l'atteigne.

— Laisse-moi t'aider, lui dis-je.

Je m'étais attendue à ce qu'elle proteste, mais elle leva simplement son poignet pour que ma vigne s'enroule.

— As-tu réellement sauvé mon frère ? lui demandai-je alors qu'Hadès s'avançait derrière moi.

— Cette salope d'Hédoné pensait que j'étais trop blessée pour être une menace. Ça lui apprendra à ne pas me sous-estimer, lança Menthé alors que mon pouvoir de guérison commençait à couler en elle.

Elle ferma les yeux, un air de soulagement inondant son visage. Puis elle reprit la parole d'un ton plus doux.

— J'étais étendue par terre, à l'intérieur du char, mon bras et mon genou blessés, lorsque j'ai vu Morphée dans le portail. J'ai tout entendu. Alors j'ai demandé à Poly, dit-elle en désignant la femme esprit, de demander de l'aide. Puis Sanape et moi avons sauté sur Hédoné dès que le portail fut fermé. Morphée est arrivé peu de temps après, mais Sanape est très bonne tireuse.

Fière, Sanape m'adressa un sourire vicieux et je jetai un coup d'œil par-dessus mon épaule à Morphée, retenu dans le char. Du liquide argenté coulait de sa tempe.

— Kérato et les autres gardes sont arrivés avec les chaînes juste à temps ; je ne suis pas sûre que nous aurions pu les garder plus longtemps.

— Merci ! soufflai-je, me jetant à son cou, sans réfléchir.

— Tu peux arrêter la guérison maintenant, je vais bien, marmonna-t-elle en se raidissant, mal à l'aise d'être ainsi dans mes bras. Aide Sanape, plutôt.

Je la lâchai et fis ce qu'elle me demandait. La femme amazone sembla réticente à recevoir mon aide, mais Menthé lui lança un regard entendu et elle finit par accepter.

— Menthé, les Enfers ont une dette envers toi, dit Hadès. Elle le regarda, puis baissa la tête.

— J'avais une dette envers Perséphone. Je le sais, maintenant, répondit-elle en me regardant avec une lueur dure les yeux.

Je me contentai de lui sourire.

— Je ne peux pas t'accorder l'immortalité, car tu sais qu'il est interdit à tous les dieux de le faire. Mais je peux te rendre riche. Tu auras des diamants toute ta vie, déclara Hadès.

Menthé le regarda bouche bée, les sourcils arqués.

— Merci, Hadès, souffla-t-elle en baissant à nouveau la tête.

— Toi aussi, Sanape, dit-il en se tournant vers l'Amazone.

Elle inclina la tête avec moins de respect, mais la fierté qu'elle ressentait se lisait de manière évidente sur son visage.

Hadès se retourna et se dirigea vers le char. Je lâchai les lianes qui avaient maintenant guéri Sanape et le suivis, la colère s'emparant à nouveau de moi. Hédoné dormait, l'air paisible, alors qu'elle était assise dos à dos avec Morphée.

— Tu ne pourras pas la protéger de sa punition pour toujours, lança Hadès d'une voix glaciale.

— Je la garderai endormie aussi longtemps que je le pourrai, répondit Morphée sans lever les yeux. Ce n'est pas sa faute. Elle ne voulait blesser personne.

— Contrairement à toi ?

— Je me bats pour une cause plus élevée. Je me bats pour l'Olympe. Cronos m'avait prévenu qu'il y aurait des victimes.

Une lumière bleue s'enflamma autour d'Hadès et,

aussitôt, Morphée devint livide. Il sembla se replier sur lui-même et je vis sa peau se couvrir de frissons. Un petit gémissement s'échappa de sa bouche.

— Tu es tout autant lié à ton rôle de dieu des rêves que je le suis au mien, siffla Hadès, et c'est seulement cela qui te sauvera du Tartare. Mais je veillerai à ce que tu sois désormais prisonnier de ta propre peur, pour le reste de ta vie immortelle, Morphée. Ce que tu vois en ce moment dans ton esprit est ce que tu verras chaque minute de chaque jour et de chaque nuit.

— Non, murmura-t-il, levant enfin ses yeux hantés vers Hadès. Non, je t'en prie !

— Emmenez-le dans ses appartements et attachez-le, dit Hadès.

Hécate s'avança.

— Avec plaisir, patron, dit-elle.

Puis, dans un éclair, ils disparurent tous les deux, et Hédoné tomba en arrière sans pouvoir se retenir et gémit doucement.

— Kérato, confine-la dans le palais jusqu'à ce qu'Aphrodite puisse s'occuper d'elle, car elle est l'une de ses divinités.

— Bien, Monseigneur, dit le minotaure.

— Qu'as-tu montré à Morphée ? demandai-je calmement à Hadès, alors que le minotaure tirait Hédoné sur ses pieds, groggy, et que le char quittait le temple.

— Ça n'a pas d'importance, répondit-il.

Mais ça en avait pour moi. Je me sentais concernée par cette punition car j'avais le terrible sentiment que j'allais vivre la même vie. J'allais revoir tous ces gens que j'avais tués encore et encore, tous les jours. Ces innocents hurlant, fuyant désespérément la lave.

Je ne sais pas si mes pensées se lurent clairement sur

mon visage, ou si le lien les lui transmit, mais Hadès m'attira à lui, inclinant mon visage vers le sien.

— C'est Cronos qui a fait ça, pas toi. Il t'a utilisée comme un conduit, un récipient, une arme. Mais tu n'es pas la cause de tout cela. Tu comprends ?

Je hochai la tête, faisant de mon mieux pour croire ce qu'il me disait.

— Et tu n'es plus cette personne, Perséphone. Regarde ce que tu as fait là-haut. Tu as su contrôler ton pouvoir, et tu as sauvé la vie de milliers de personnes. Peut-être plus.

Cette fois, ses mots firent mouche. « Sauvé la vie de milliers de personnes ». Il avait raison ! La nouvelle Perséphone n'ôtait plus la vie : elle la sauvait.

Je savais que je ne me pardonnerais jamais ce que j'avais fait dans le passé, mais j'avais au moins la satisfaction de pouvoir réparer.

Poséidon apparut devant nous dans un éclair lumineux, apportant avec lui le parfum de l'océan et Dionysos.

— Skop !

Le gnome assis sur l'épaule de Dionysos se transforma en chien, puis sauta à terre et courut vers moi. Je m'accroupis et le pris dans mes bras.

— Je suis tellement contente que tu sois en vie ! m'exclamai-je.

— *Putain ! Je suis tellement content de te voir, moi aussi !*

— Zeus s'est échappé, déclara Poséidon.

Aussitôt, je me relevai et regardai le dieu de la mer avec attention.

— Il a grièvement blessé Arès et Artémis. Quant à Héra, elle s'est complètement retirée et ne veut parler à personne.

— Merde ! siffla Hadès.

— Et attends, ce n'est pas tout, reprit Dionysos. Il a ton

Titan de feu, Anchiale, avec lui. Elle est venue et l'a libéré d'Arès.

— Mais il déteste les Titans ! m'exclamai-je.

— Lorsqu'Anchiale a compris que Cronos ne serait pas libre, elle a dû se lier au dieu le plus fort, marmonna Hadès. Et Zeus n'est pas en position de refuser des alliés, maintenant.

— Alors, ça veut dire que vous êtes en guerre ? demandai-je lentement.

— Non. Zeus ne l'a pas déclarée. En revanche, il devra faire face à un procès et à une punition. Tout comme ce fut le cas pour Hadès quand il a enfreint les règles, répondit Poséidon avec un regard appuyé vers Hadès.

— Est-ce pour cela qu'il s'est enfui ?

— Oui. Il reviendra, je n'en doute pas. Quand il aura trouvé une excuse et élaboré un nouveau plan pour gonfler davantage son ego.

— C'est un fou dangereux. Il ne peut plus gouverner les Olympiens, déclara Hadès.

Dionysos acquiesça d'un signe de tête.

— C'est vrai. Il va vraiment devoir se détendre...

— Nous parlerons de sa succession plus tard. Pour l'instant, je suis ici pour voir Perséphone, dit Poséidon.

Je déglutis alors que le dieu des mers et des océans se tournait vers moi.

— Ta gestion du pouvoir de Cronos montre que tu es une véritable reine et déesse de l'Olympe. Je suis heureux de t'accueillir dans nos rangs.

J'étais estomaquée et le regardai, prostrée.

— Et merci d'avoir pris soin de mon hippocampe, ajouta-t-il avec un sourire étincelant, avant de disparaître.

— Bien joué, Persy ! renchérit Dionysos alors que je clignais des yeux, encore abasourdie. Viens vite me rendre visite. Il y a beaucoup de personnes dans le Taureau qui se souviennent d'avoir grandi avec toi maintenant, dit-il avec un grand sourire. Et ton petit copain à quatre pattes a besoin d'un verre ; j'ai plein de choses à lui proposer !

— Pro... Promis, bégayai-je, un large sourire envahissant mon visage.

Mon avenir dans l'Olympe était finalement bien meilleur que ce que j'avais imaginé...

TRENTE-ET-UN

PERSÉPHONE

Je pris une profonde inspiration en regardant mon reflet dans le grand miroir. Je ressentais un bonheur si intense que j'avais envie de crier. Je portais une *vraie* robe de mariée !

La robe avait été faite sur mesure. Le haut était un corset blanc classique, mais le bas... Le bas était des couches et des couches de dentelle blanche que j'avais dessinée moi-même. Un motif complexe de roses et de crânes. De roche et de nature, d'obscurité et de lumière, de vie et de mort. Je me tournai, faisant virevolter la dentelle blanche autour du jupon en satin que je portais dessous.

Cela faisait un mois que Cronos avait tenté de me tuer et que j'avais utilisé son pouvoir pour transformer la surface de la Vierge en un havre de nature pour nous deux. Grâce à ses pouvoirs, Hadès nous avait alors construit une modeste maison, pour voir si nous pouvions vraiment vivre au-dessus du sol. Au début, il s'était senti nerveux car plus il resterait longtemps au-dessus de la surface de la Vierge, moins il avait de contrôle sur son royaume et les dangereux démons auxquels il était lié. Surtout, il craignait de perdre son emprise sur le Tartare.

Mais, après deux semaines complètes, alors qu'il commençait à ressentir une perte de pouvoir et d'influence, nous retournâmes les deux semaines suivantes dans ses appartements du palais, sous terre, et son contrôle se rétablit immédiatement.

Je ne voyais aucune raison qui nous empêcherait de vivre ainsi pour l'éternité, en passant la moitié de notre temps dans la lumière et l'autre moitié dans l'obscurité. D'autant plus que j'avais des projets enthousiasmants pour notre maison plongée dans la nature.

Je baissai les yeux sur la bague que je portais au doigt, et un frisson d'excitation me parcourut. *Me marier...* J'allais me marier !

Il n'avait pas fallu grand-chose pour convaincre Hadès de faire une proposition « humaine », avec un genou à terre. Alors que je venais de demander à Hécate de lui dire que c'était ce qu'il était censé faire, il dépassa mes attentes. La tradition olympienne veut que l'homme n'offre qu'une seule bague à la future mariée, pour les fiançailles et le mariage. Mais, sachant que dans mon monde nous offrions deux bagues, Hadès avait fait fabriquer une bague spéciale : un anneau d'argent, sur lequel étaient gravées de minuscules vignes tourbillonnantes, jouxtant un deuxième anneau en or, les deux se rejoignant par de petites spirales grecques. C'était absolument magnifique et la chose la plus précieuse que j'aie jamais possédée.

— Tu es prête ?

Je me retournai en souriant et Hécate me sourit en retour, les yeux écarquillés et emplis d'admiration. Elle portait une robe bleue qui – pour la première fois – était longue. Comme moi, elle avait des roses blanches tissées dans ses cheveux.

— Je ne me suis jamais sentie aussi prête ! déclarai-je, émue.

Elle me tendit une coupe de vin pétillant.

— Tiens ! Portons un toast : à la nouvelle reine des Enfers.

Je souris bêtement en entrechoquant mon verre avec le sien et bus une gorgée.

La reine des Enfers !

— Je ne suis vraiment, vraiment pas content ! lança Skop en entrant dans la pièce, Sam marchant à côté de lui.

— Tu es superbe ! le rassurai-je.

Il me regarda sous sa barbe.

— Je préfère être un chien que de porter des vêtements ! C'est la chose la plus contre nature que j'aie jamais faite, s'agaça-t-il en tirant sur le pantalon mal ajusté qu'il portait.

J'éclatai de rire.

— Tu peux reprendre ton apparence de chien si tu le souhaites, mais tu ne pourras pas boire et danser, je te préviens ! Et avant que tu ne me le redemandes pour la millionième fois : non, tu ne peux pas être nu à mon mariage.

Il poussa un soupir exagéré.

— C'est vraiment parce que c'est toi, grommela-t-il en levant les yeux au ciel.

— Merci Skop. Tu es le meilleur, le félicitai-je avec un large sourire.

— Mouais... Tu ferais bien de ne pas l'oublier ! Meilleur garde personnel de tous les temps. D'ailleurs, après t'avoir sauvé la vie, je mériterais quand même de pouvoir venir nu, marmonna-t-il.

— Tu es magnifique, dit mon frère en m'embrassant sur la joue, m'évitant ainsi d'avoir à répondre à mon kobalos.

— Merci. C'est dommage que maman et papa ne puissent pas être ici, regrettai-je.

— C'est certainement mieux qu'ils ne soient pas là, me sourit-il. Et, de toute façon, maintenant que tu es immortelle, puissante, et tout, tu pourras leur rendre visite la semaine prochaine.

— Oui. Je veux qu'Hadès les rencontre. Mais je ne sais pas encore comment je vais le présenter. Peut-être leur dire qu'il est avocat ?

— Un avocat ? pouffa Sam. J'aime beaucoup ton mari, mais il a plutôt l'air d'un gangster adepte du football et de la musculation.

— Nous devons y aller, Persy ! dit Hécate, coupant notre conversation. Tu ne dois surtout pas être en retard...

Tout à coup, je me sentis nerveuse et elle m'adressa un sourire rassurant en me prenant la main.

Je passai mon bras autour de celui de mon frère alors que les portes de la salle du petit déjeuner s'ouvrirent et que les harpes commencèrent à jouer. L'arbre était en pleine floraison et la lumière passait à travers les immenses fenêtres cintrées aux huisseries dorées, donnant sur une nature luxuriante. Mais mes yeux étaient rivés sur celui pour lequel j'étais là.

Debout à côté de notre arbre, au bout de l'allée, se trouvait Hadès. Avec sa toge noire bordée d'argent, il était si beau que j'en eus le souffle coupé. Ses yeux rencontrèrent les miens alors que j'entrais dans la pièce et, la joie envahissant son beau visage, sa voix résonna dans ma tête.

— *Tu es… splendide !*

— *Toi aussi.*

— *Je ne peux pas croire que tu vas m'épouser. De nouveau. Je suis l'homme le plus chanceux du monde.*

Je lui souriais alors que je marchais vers lui, le long de l'allée. Il était mon tout.

— *Je t'aime.*

— *Moi aussi, je t'aime… ma reine.*

FIN

Envie de découvrir ce qui s'est passé quand Hadès a fait sa demande ? Accédez à une scène supplémentaire exclusive en vous inscrivant à ma newsletter ici.
contenu explicite

MERCI !

Merci d'avoir lu ce nouveau pan de l'histoire d'Hadès et Perséphone.

Passionnée depuis toujours par la mythologie grecque, je suis infiniment heureuse de donner chaque jour vie à des personnages de ce monde riche et complètement fou. La moralité de cette histoire – le sacrifice mutuel, l'amour intense entre Hadès et Perséphone, cet équilibre parfait de deux êtres si différents – a toujours été parmi mes mythes favoris, et j'ai adoré écrire cette histoire.

« L'amour est plus fort que tout » est le thème dominant de tous mes romans, et cela vient en grande partie de l'amour que je reçois de mon mari. Il est mon plus grand fan, même s'il n'a jamais rien lu de ce que j'ai écrit (ce n'est pas un lecteur – je lui ferai écouter les livres audio un jour). Mais il m'écoute, me soutient, et m'aide de toutes les autres manières dont j'en ai besoin. Je lui suis éternellement reconnaissante.

Je suis également impressionnée par l'aide et le soutien que de parfaits inconnus m'ont apportés au cours de mon parcours d'écrivaine. Reena, je n'arrive pas à croire que tu m'aies envoyé la bague, de Grèce, qui a inspiré l'alliance de Perséphone !! (Photo à la page suivante !). C'est vous qui rendez mes livres meilleurs et je vous suis très reconnaissante pour votre aide, votre soutien, et votre amitié ! Brittany, merci pour ton œil avisé et tes premiers avis expérimentés ! Maman, merci de relire tout ce que j'écris, même si c'est un peu torride. Et pour avoir essayé de garder les livres un peu trop coquins loin de grand-père...

Je continuerai à écrire sur tous les dieux incroyables de la mythologie grecque jusqu'à les avoir tous épuisés – mais je suis presque sûre que cela n'arrivera jamais. Ensuite, il y aura Arès, et j'ai hâte de commencer à en faire le héros de mes prochaines histoires.

Hécate s'est avérée bien plus amusante que ce à quoi je m'attendais à l'origine, alors j'ai aussi prévu de lui consacrer un roman.

Merci encore, fidèles lectrices, de me permettre de continuer à écrire !!

Eliza xxx

La bague que Reena m'a envoyée de Grèce : l'alliance de Perséphone !!

Pour découvrir en exclusivité mes idées de prochains romans, des extraits, et des nouvelles, ou pour obtenir des livres audio gratuits, inscrivez-vous à ma newsletter sur elizaraine.com. Et pour passer un peu de temps avec moi et obtenir des teasers, des cadeaux et des mises à jour concernant mes publications (ainsi que des photos de mes animaux de compagnie), rejoignez mon groupe de lecteurs Facebook ici !